• 衛斯理小説典藏版 53 •

少年衛斯理

衛斯理
親自演繹衛斯理
《少年衛斯理》

新之又新的序言，最新的

衛斯理小說從第一次出版至今，歷時已近半世紀，總共出了多少正版，還能計得清，若是連盜版一起算，那就算找外星人來算，也算勿清楚哉！不知能不能也算世界紀錄。

算得清好，算勿清也好，能幾十年來不斷出新版，說明不斷有讀者加入，對作者來說，沒有更值得高興的事了，謝謝所有喜歡衛斯理的人，謝謝謝謝。

倪匡

二〇二〇年六月四日 香港

幾句話

寫了四十多年小說，論者將拙作分為三個時期：早、中、晚。在明窗出版的一批，屬於早期和中期的上半。三個時期的創作風格有相當程度的不同，所以風評不一。本人並無偏愛，但讀友對早期的作品，頗有好評，大抵是由於在早、中期作品之中，主要人物精力充沛，活力無窮，所以使故事曲折多變，小說也就格外吸引。明窗出版社此次重新出版這批作品，正好讓大家來證明這一點。

四十餘年來，新舊讀友不絕，若因此而能有新讀友，不亦快哉！

二〇〇五年十一月六日

序言

《少年衛斯理》的由來很突兀，倪震出版少年雜誌，要我寫衛斯理少年時代的故事。

主意是他想出來的。推辭數次不果。執起筆來，故事倒源源不絕。於是，就有了這本《少年衛斯理》。

少年的衛斯理，已經很衛斯理了！

衛斯理（倪匡）

一九九一年八月二日

香港

目錄

第一部

KATSUTOXIN

我有一隻用藤編成的小箱子，這是我求學時期的書包。當時，幾乎每個中學生都用它，後來，由於女學生用它的更多，男學生為了表示自己瀟灑豪邁，又嫌這種箱子多少有點娘娘腔，所以都棄而不用了。

我一直保留着這隻小藤箱，箱中放滿了別人看來一點用處也沒有，對我來說卻都有一定意義的東西，每一件都可以引起一段回憶，和有一個故事。

那天，我又打開了這小藤箱，順手拈起了一張小紙片，小紙片上寫着一個英文字：Katsutoxin。在這個字的旁邊，有一個表示「對」、「正確」的符號：V。

這張小紙片，勾起了我遙遠的回憶。

我，衛斯理，赫赫有名——在我們班級之中。或許，也可以誇張點說，在全校，也略有名氣，古今中外的中學都一樣，低班級的學生要在高年班的同學中也薄有名氣，不是容易的事，必須要有相當突出之處。我那時年班雖低，可是已經十分惹人注目了。

事情發生的那天，我走進課室，剛好看到那幕活劇的全部過程。

先是一陣歡笑聲，一個個子極高大的同學，用樹枝夾住了一隻手掌般大的癩蛤蟆，灰白色的，皮膚上全是大大小小的疙瘩，醜惡之極。這種癩蛤蟆有毒，毒液能令人的皮膚又紅又腫，沾上了眼睛，會引致盲目。

這大個子同學的外號叫「大塊」，大塊不但身體壯健之極，而且家中有財有勢，父親是學校所在的縣城的首富。大塊仗勢欺人，行為十分可惡，且又有一批不爭氣的同學聚在他的周圍生事，和我以及我的幾個好朋友，明裏暗裏，也起過許多次衝突，互相不語。

這時我一看到他夾住了癩蛤蟆，就知道他一定要捉弄別人。

他看到我進來，挑戰似地瞪了我一眼，走向前排的課桌，在一張課桌前站定，伸手按在一隻放在桌上的藤書包之上。

一看到這種情形，我不禁勃然大怒：這課桌是一個女同學的，她的名字是祝香香，瘦弱文靜，是一個極乖、從來不惹是非的少女，文弱得叫人憐愛，而大塊竟想把那麼醜惡又有毒的東西，放到她的書包去！

我當時踏前一步，大喝：「住手！」

大塊像是早料到我會阻止，所以他的動作也更誇張，把癩蛤蟆高高提起，跟着他的一些人，也發出呼叫聲。我正想作更進一步的行動，忽然覺得有人扯了我的衣角一下。我回頭去看，正是祝香香，她的臉雖然瘦削，可是她卻有一雙極美麗靈活的大眼睛。我一接觸到她的眼光，就明白了「眼睛會說話」是什麼意思，她雖然一聲不出，但是她分明是在告訴我：「由他去，別攔阻他！」

她那黑白分明的大眼睛之中，有一股叫人無法抗拒的力量，也就在這時候，大塊的手，已揭開了藤書包。剎那之間，所有的人都靜了下來，大塊面上的肌肉，簌簌發抖，驚恐莫名——人人都看到，書包一打開，一隻極大的蠍子，本來是伏着的，霍然挺立。那蠍子足有七八寸長，黃黑相間，雖是一隻小蟲，可是那氣勢，就像是一頭猛虎，猝然躍起一樣，尾鉤高翹，形狀兇惡之至！

大塊終於有了反應，他發出了一下驚呼聲，身子後退，撞倒了幾個人和一張課桌，他手中的癩蛤蟆已脫手，落向書包，蠍子的尾鉤，迅速無比地向牠刺了一下，癩蛤蟆奮力躍起，可是落地之前，已經死去，「啪」地肚子向天，落在地上，本來灰白色的肚子，變成了可怕的深紫色。

課室中極靜，祝香香在這時候，向前走去，來到了課桌之前，竟然伸出她的手來，在那隻可怕之極的蠍子的背上，輕拍了一下，那蠍子立時又伏了下來，她也合上了書包，坐了下來。

在那一刹間，只聽到課室中，各處都是「嗖嗖」的吸氣聲，所有男女同學，都像是泥塑木雕一樣，連我也不能例外——絕想不到，文靜的祝香香，竟然會有這樣驚人的本領！

大塊總算機靈，他的聲音有點發顫：「只是……想開個玩笑，別見怪！別見怪！」

祝香香沒有說什麼，只是向死蛤蟆指了一指，大塊忙再用樹枝夾起了牠，狼狽地奔出了教室。我帶頭鼓起掌來，在掌聲之中，祝香香用很平靜的語氣道：「我家裏窮，從小就養些蜈蚣蠍子，賣給藥材舖，各位同學別見笑！」

大家當然不會笑她，只是七嘴八舌問她有關毒蟲的事，祝香香仍然不當一回事：「從小看慣了，也不覺得牠們特別可怕！」

擾攘之間，老師進來了，自然一切歸於平淡。

那一天上課，到了將近放學時，祝香香忽然舉手：「老師，我感到不舒服，可不可以早退？」

老師點頭：「可以，你自己能回家？要不要人陪你回去？」

祝香香聽了，竟然回頭向我望了一眼，我也立時明白了她的意思：她要我陪她！

我膽子再大，心中也千情萬願，可是我都沒有勇氣答應——要是答應了，怎能再有臉見人，也不用再上學了，所以我心跳如打鼓，也知道自己一定面紅耳熱，立時避開了她的目光，這才聽到她低聲道：「不用了！」

到她提着藤書包，出了課室，我心仍咚咚跳，彷彿全課室都在盯着我看。

當然，我也不禁好奇：明明她是裝病，為什麼要我陪她回家呢？

祝香香走了之後，我心頭亂跳，只在想着她「臨別秋波那一轉」是什麼意思，和我應該怎麼辦。

（古今中外的少年人都一樣：愈是大人不許看的書，就愈喜歡看，那時候我才偷偷看完了《西廂記》，所以在胡思亂想的時候，也自然而然用上了《西廂記》中的句子。）

接下來的時間，老師在講些什麼，我只是斷斷續續地，聽到了一些片段。老師在說的是，本縣和鄰近的幾個縣，近年來，出現了一個「鐵血鋤奸團」，把一些在日軍侵略時期，出賣國家民族，做了漢奸，魚肉百姓，罪大惡極，而又在時移勢易之後躲藏了起來的壞人，設法找出來，將他們處死。已經有十多個這種人類渣滓受到了鐵血鋤奸團的處分。

這本來是很刺激的一件事，也是當時的大新聞和談話的資料，可是我卻為祝香香忽然裝病離去而精神恍惚，所以沒有特別留意。

老師的學問很好，見解也很新，他又解釋，說鋤奸團的這種所為，人人叫好，大快人心，被處決的那些人都罪有應得，因為鋤奸團不知用了什麼方法，能使被處死的人在臨死之前，都承認自己的罪行。可是這種所為，叫作行「私刑」，不是文明社會應有的行為，應該倣法以色列人，在大戰之後，把隱藏的納粹戰犯找出來，交給政府，公開審判，依法懲處。

老師講到這裏時，我有了決定。我先深深吸了一口氣，然後忍住了呼吸，直到忍無可忍時，臉已漲得通紅，那時，陡然站起，把桌子凳子，弄得發出很大的聲響，然後一手高舉，一手捂着肚子，腳步踉蹌，目望老師，人卻向課室之外衝去，半句話也不必說，只消在喉際發出一陣怪聲即可。

這是在上課中途要離開課室的上佳辦法，不過不能經常使用，偶一為之，萬試萬靈，心腸好的老師，還會為你急急打開課室的門——因為這種身體語言，人人一看就可以明白。

奔出了課室，直奔向校外，正當我懊喪已浪費了太多時間，忽然看到前面，一個瘦削苗條的身形，正在緩慢地向前移動，風吹着她寬大的藍布長衫，衣袖微揚，看起來更是飄逸無比，那正是祝香香！

她走得那麼慢，當然是在等我！

可是我一看到了她，卻陡然站定了身子，心中矛盾之極——極想追上去，出現在她的身邊，甚至，盼望可以握住她的手，可是又不知為什麼，一雙腳竟然不聽大腦的指揮，牢牢地釘在地上，不能移動！

過了好久，空自急了一身汗，祝香香在前面，已經轉了一個彎，看不見了，我這才又恢復了活動能力，急急地追了上去。

可是，等看到了她的背影，腳下又像是生了根，再也難以移動半步——這就形成了一個十分古怪的局面，變成了我在不受控制的情形之下，在跟蹤祝香香了！

一直到了一個廣場上，那裏全是各式人等，明明還看到祝香香細巧的背影在人叢中左穿右插的，忽然一下子就不見了她的蹤影。我不禁大是焦急，忙登上了一塊大石，極目張望，可是廣場四通八達，誰知道她上哪裏去了。

我心中懊喪之極，不知道何以剛才會出現這樣的情形。一直到很久很久之後，我和原振俠醫生說起了這段往事，他哈哈大笑，以他醫生的專業知識回答我：「這是由於過度緊張而引起腦部活動暫時性的障礙，很多著名的演員，會突然之間念不出早已背熟了的對白，就是由於這種突發性的障礙，你當時心情一定是太緊張了！」

他說得對，我是太緊張了，而且不見了祝香香之後，也懊喪之至，在那塊大石上，連連頓足。

我不知在那塊大石上站了多久，忽然聽到了一陣喧嘩聲傳了過來，循聲看去，只見在一條巷子中，奔出一個大胖子來，一面奔，一面啞着嗓音叫：

「我該死！我該死！求求你們饒了我！」

大胖子一面奔，一面用力扯自己的衣服，上身衣服全都扯破，露出又胖又圓的大肚子，他的神情驚恐莫名，面容扭曲，叫聲愈來愈淒厲，奔到了廣場中站定，全身肥肉顫抖，像是都要遭抖散了一樣，可怕之極。

他仍然在叫着，叫的是：「我該死！我當過漢奸，我幫日本兵殺過中國人，我該死！」

所有投向胖子的目光，由駭然變成了鄙夷，胖子陡然發出了一下尖鋭之極的慘叫聲，仰天跌倒，一陣抽搐，就此不動了。

人叢中許多人叫：「鐵血鋤奸團！」

我也立刻明白，那是鐵血鋤奸團又一次的成功，處決了一個罪該萬死的奸人。

站在大石上，居高臨下看過去，在眾人的驚呼聲中，我看到大胖子的身子在迅速發青，而他挺着的那個大肚子，更極快地變成了深紫色！

陡然，我想起了那隻一下子被螯死的癩蛤蟆，灰白的肚子在死後變成了深紫色的情景。

我明白了！我心頭狂跳，但是我明白了！

第二天，課室一切正常，我幾次望向祝香香，她都避開我的眼光。我一直心神不定。老師一進來，就指着我：「衛同學昨天目睹了鐵血鋤奸團的行為，請向同學們説説經過……」

我走到講桌後，把那大胖子臨死的情形，講了一遍——那時我講故事的本領就不錯，全班都聽得十分入神。我説的時候，一直留意祝香香，只見她垂着眼，長睫毛在抖動，沒有什麼特別的反應，但是看得出她是在壓抑着自己。

我最後的一句話是：「鋤奸團顯然是用毒藥來處決漢奸的。」

老師同意我的判斷，他補充：「是，是用毒藥，可是竟然沒有人知道那是什麼毒，真神秘！」

我在掌聲之中，鞠躬下台，在經過祝香香身邊的時候，把早已準備好的一張小紙片偷偷交給了她，紙片上，就寫着「KATSUTOXIN」這個字。

第二節課開始，我在自己桌上，又看到了這張紙片，上面多了一個表示「對了」的符號：V。

我在目睹「鋤奸」的那天，費了一晚時間去查書，才查出這個字，這個字的中文翻譯是：蠍毒。含碳、氫、氧、氮、硫等元素的毒性蛋白。

我寫下了這個字，表示我已知道了她的秘密，祝香香的回答是我對了。

我的視線從紙片上抬起來，恰好遇上祝香香明澈深邃的大眼睛，當我和她共同擁有這樣的一個秘密之後，四目相投那一剎那所交流的信息，足以使人想上幾天幾夜了。

至於我為什麼不乾脆寫中文呢？哼！那多沒學問！而若果她竟然看不懂那個字的話，那似乎也不值得作為秘密的共同擁有人！

對不對？

第二部

鐵蛋

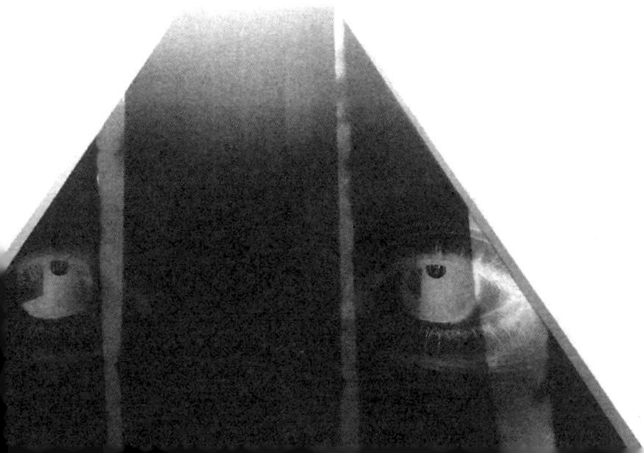

這個故事的題目是〈鐵蛋〉，倒真是由「蛋」開始的。

查《辭海》，「蛋」這一個字的解釋十分簡單：鳥類、蛇和龜類的卵。這是盡信書不如無書的典型例子，像這樣著名的工具書，都會有這樣的錯誤！鴨嘴獸（Ornithorhynchus Anatinus）產的卵，不能叫「蛋」嗎？它既非鳥類，也不是蛇、龜類。廣大魚類所產的卵，結構和蛋無異，只不過具體而微，也可以稱為「蛋」，魚也不是鳥、龜、蛇類。還有昆蟲的卵呢？「蛋」字是從「虫」部的！

真要詳細替「蛋」下一個定義，相當複雜，把這個工作交給科學家去做，和小說家無關。

我只管寫我的故事。

事情從放學之後，大眼神鬼頭鬼腦，把我約到那棵大桑樹下開始。大眼神在學校中是一個很特殊的人物，他的外形，絕不敢恭維，頭小身長，軟手軟腳，有點半男半女（他入學之初，曾被大塊帶了一班人「驗明正身」，這才承認他是男性）。可是他的小頭上，卻有一對極大的眼睛，而且視力極佳，那是天生的本領，在普通人都不能視物的黑暗環境下，他能把一切看得清清楚楚。而且他的瞄準能力也極高，雖然不至於「百步穿楊」，但用自製的弓箭，十步距離，射中柳枝，絕不會失手。

他自製的椏杈彈弓，更是全城青少年的寶貝，彈力強、耐用，而且射起目標來，也似乎特別準。再加上他搓的泥丸子，又圓又硬，彈中了人的頭部，其痛無比——他曾暗中痛懲對他無禮、倚勢橫行的大塊，令大塊當眾求饒，所以在同學中，大眼神算是一條好漢。

到了那棵大桑樹之下，他抬起頭，以手遮額，問我：「看到沒有？」

我苦笑：「看什麼？」

這棵大桑樹，是城中的一景，足有四五層樓高，枝葉繁茂之至，所結的桑椹，又大又甜，也不知是哪年哪月留下的種，怕已有好幾百年了。

這時正當初夏，還不是結桑椹的時候，抬頭向上看去，就是密層的枝葉。

大眼神吞了一口口水，可見他心中的緊張，他宣布：「樹梢最高處，有一個喜鵲窩。」

我明白了：「你自己爬不上去，要我替你去拿喜鵲蛋，是不是？」

大眼神用力點頭，有點忸怩：「我要喜鵲蛋，也是為了送人。我拿一百顆泥丸和一隻棗木製的彈弓換，兩隻就夠。」

他這種神情，一看而知，他得了喜鵲蛋，是要來送女孩子的。我也不說穿他，當下擊掌為盟，一言為定：明天上午，物物交換。

喜鵲築巢，往往在樹梢最高處，不是有超特的攀樹功夫，難以到達。而攀樹，那是出色的男孩子必備的條件之一，我，衛斯理，敢稱在全城的三名之內，真要驕傲些，說是第一，也無不可。

那時，我其實未曾看到喜鵲窩，只是憑大眼神順手一指，記住了方位——大眼神眼力如神，他說有，那絕不會錯，我對他有信心。

拿喜鵲蛋，十分講究技巧，要在天才亮的時候爬上樹，在窩邊盯着，那時，一雌一雄，喜鵲夫妻全在窩中，蛋在牠們的身下。要是貿然動手，喜鵲會自行把蛋毀去，不落入敵人之手。必須等曙光一現，雄的先飛出去覓食，很快就吃飽了飛回來，替換雌的出去，就在一隻飛回一隻離去的電光火石間，約有一兩秒鐘，鵲窩中只有蛋，沒有鳥，這才可以眼明手快，攫蛋在手。要是錯過了這個機會，那就要明日請早了！

這竅門，我自六歲起已經懂了，而天沒亮就來到桑樹下，對我來說，也不成問題（原因下面會說），所以，一切經過順利之極。在天色將明未明時，處身於一棵大樹之上，呼吸到的空氣，由於樹身會發出氧氣，所以特別清新怡人。

我棲身於一根橫枝，伺伏在那喜鵲窩之旁，距離恰好是欠身一伸手可及。等到東方漸現魚肚白，雄喜鵲先是一聲鳴叫，拖着長長的尾巴，振翅飛起，我就開始緊張。

不一會，雄鵲鳴叫着飛回來，雌鵲也鳴叫着迎上去，鵲窩之中，足有七八隻鵲蛋在，我覷準時機，出手如風，向鵲窩之中探去。

眼看手到拿來，再無疑問，怎知就在那一剎那，我頸後的衣領上，突然傳來了一股向後拉的力量——天地良心，這股力道，其實並不太大，可是在我絕無提防的情形之下，突然傳來了這股力道，我心中的吃驚，難以形容，身子在樹枝上已停不住，一個搖晃，向下跌去。

總算身手極好，跌下三四尺，雙手又抓住了一根樹枝，在不到十分之一秒的時間內，作了許多設想：那是什麼力量？

答案立刻就有，可不是我想出來的，而是在我的頭上，濃密的枝葉之中，忽然冒出了一張俏生生，其白如玉的臉龐來。

一看清了這張臉，我的驚訝，比剛才更甚！

祝香香！

祝香香在桑樹上，剛才用力拉我衣領的一定就是她了！她在樹上幹什麼？難道也是為了要喜鵲蛋？

剛才幾乎嚇得直跌下來，小命不保，這時我已完全鎮定了下來，忙伸手向鵲巢指了一指。祝香香卻搖着頭，自桑葉之中，伸出手，向下面指了一指。

我怔呆了一下——我不必轉過頭去看她所指之處，就可以知道她指的是我的同學、好朋友，鐵蛋的家。

剎那之間，我又感到了一陣驚恐，比剛才更甚！

我已經知道祝香香是「鐵血鋤奸團」的成員，而且，她還負責執行行動，已有許多次成功的經驗。自我知道之後，我好幾次想向她探明進一步的情形，但是她絕口不提，叫我無法發問。

她伸手指鐵蛋的家，那說明她在樹上的目的，是在監視，難道鐵蛋家中有什麼人，是鐵血鋤奸團要對付的對象？

事情和我的好朋友鐵蛋有關，而鋤奸團的行動，又毫不留情，這叫我如何不吃驚？

我失聲叫了起來：「不！」

才叫了一聲，祝香香的手，已向我口上掩來，給她軟綿綿的小手掩住了口，我心頭咚咚亂跳，一陣暈眩，哪裏還出得了聲，只好和她四目對望，一秒鐘像是一個月，又最好這一秒鐘可變成一年！

鐵蛋家裏，只有鐵蛋和他叔叔兩個人，鐵叔叔是不是真的姓鐵，也難以查考，但他是城中最好的鐵匠，卻沒有疑問——因為他是城中唯一的鐵匠。

鐵匠是民間必需的工匠，許多生產用的、生活用的工具都靠鐵匠供應，偌大一個縣城之中，怎麼可能只有一個鐵匠呢？說起來有一段十分傷心悲慘的事。

就像黎明之前的天色最黑暗，戰爭將結束的時候，敵人也最瘋狂。那一天晚上，一個日軍騎兵大隊衝進了縣城，把城中十七家鐵匠舖中的鐵匠、學徒、家屬，以及所有生產工具集中起來，連人帶物，載滿了七輛大卡車，駛出城外去。有三個壯年鐵匠，不甘被擄，被日軍用馬刀砍了個身首異處，血濺街頭。

這批人被押離了縣城之後，就再也沒有回來過，也不知道日軍擄了那麼多鐵匠去是幹什麼。那個日軍騎兵大隊，大約在半年之後，中了埋伏，幾乎全軍覆沒。一直到戰爭結束之後，才在距離縣城一百多里的一個山脈下，發現了許多骸骨——這種在戰爭中慘遭屠殺，胡亂堆埋在一起的亂葬場，統稱「萬人塚」，一直到現在，還不斷在戰爭曾肆虐的地方發現，展現戰爭的可怕。

經過辨認，認為這批骸骨，就是當日被押走的那批鐵匠和家屬，推測日軍強迫他們進行了一宗秘密任務，任務完成之後，就殺他們滅口！

遭受這樣的大劫之後，縣城之中，再也沒有鐵匠，直到鐵叔叔、鐵蛋兩叔姪來到，才成為城中獨一無二的鐵匠，受到歡迎，住進了原來最大的一家鐵匠舖，開始營業，鐵蛋也進了學校。

鐵蛋的年齡比我略大，多半是由於從小失學之故，程度很低，插班之後，功課很吃力，但是他極勤奮好學，很快就和我成了好朋友。他書本上的知識雖然差，可是生活經驗豐富無比，見聞甚廣，人也豪爽。大家一起說起志願來時，他總是挺着胸，把自己寬闊的胸膛拍打得山響：「我要做將軍，做一個威名赫赫的將軍！」

當他這樣說的時候，也真的大有將軍（至少是軍人）的氣概。

所以，當我知道，祝香香竟然在大桑樹上，監視着鐵匠舖時，我自然大為着急，急到口唇發乾，就伸出舌頭來，想去舔一舔口唇，卻又忘了祝香香正伸手捂住我的口，這一下，正舔在她柔軟的掌心上。她陡然震動了一下，縮回手去，我也不知如何是好，不但口唇更乾，連喉嚨也發起燒來，想解釋一下，可是不知如何開口。

僵了好一會，天色已大明了，朝霞透過樹葉，映在祝香香的臉上，現出了一個個粉紅色的小圓點，美麗之至，我看她並沒有慍怒之意，也就大着膽子盯着她看。

祝香香忽然「唉」了一聲：「又白等了一晚，不過總是這幾晚了。」

我吃了一驚：「你每晚在樹上等？為什麼？」

祝香香側着頭，帶着挑戰的神情：「你想知道，今晚就來陪我等！」

她說着，身手敏捷地爬下去，一下子就到了地上，伸手理了理頭髮，輕快地走了。

這一天，我和她在學校中自然有許多見面的機會，可是她再也不和我說話。不知道是不是心理作用，總覺得鐵蛋的行動神態，也有點古怪。大眼神由於沒得到喜鵲蛋，也悶悶不樂，總之這一天，有說不出的不自在。

而我實在也很難決定——能陪祝香香在大桑樹上過一夜，自然是賞心樂事，真是千情萬願，可是卻有為難之處。

我在日後，記述自己許多古怪的經歷時，常說的一句話是：「我曾受過嚴格的中國武術訓練。」這種嚴格的訓練，在我九歲那年，正式開始，每當午夜，師父就會準時來到，進行訓練。所以，叫我天未亮去掏鵲蛋，十分容易，根本不必再睡。可是一整夜陪着祝香香，午夜師父來到，就找不到我了！

武術訓練的過程十分嚴格，缺席一天，會受到什麼樣的處罰，我連想都不敢想，可是當太陽下山之後，我就有了決定！隨便是什麼樣的責罰，總不至於人頭落地吧！

天才黑，我就來到了大樹下，正在左顧右盼，從樹上落下一團樹葉，打在我的頭上。我施展本領，颼颼地上了樹，祝香香已穩坐在一根橫枝之上，我裝着十分自然，靠她很近，也坐了下來。事實上，近她的那半邊身子，有點發僵。

祝香香也不說話，伸手向下指了指——直到再下樹，我們真的沒有說過話，只是身子愈靠愈近，到了肩挨肩的程度。時間飛快地過去，過了午夜不久，看到兩個人，急促地走來，來到鐵匠舖前，還沒有敲門，門就打開，看得分明，開門的正是鐵蛋！

等這兩個人進去，祝香香一拉我的手，我們迅速無比地下了樹，繞到了屋後的窗子下，聽到一個人在啞着嗓音問：「你真是唯一的生還者？」

回答的是鐵叔叔：「是，你看我這道馬刀的刀痕，我伏在死人堆裏裝死，這才逃出生天的！」

那個人再問：「那你知道那批財寶收藏的地點了？」

鐵叔叔道：「知道也沒有用，幾十個鐵匠花了大半年鑄成的鎖，堅固無比，多少炸藥也炸不開，就算炸開了，財寶也化為灰燼，得有那兩把大鑰匙！」

那一個人「格格」乾笑：「你以為我們是幹什麼的？我們是騎兵大隊的兩個倖存者，在戰死的大隊長身上，找到了那兩把鑰匙。當日你們在山裏進行任務，我們在外圍戒備，所以才不知藏寶地點！」

鐵叔叔急了起來：「你們看清楚，我是誰？」

從窗中透出來的油燈光，亮了一亮，有兩個人驚呼，緊接着，是兩下驚心動魄的骨折聲。我和祝香香互望了一眼，一起伸手摸了摸自己的頸子，表示一聽就聽出，那是頸骨折斷的聲音——有人下重手，打死了那兩個漏網的日本騎兵。

也就在這時，窗子忽然打開，鐵蛋探頭出來，沉聲道：「你們進來！」

原來人家早知道我們躲在窗外偷聽，祝香香一拉我的手，從窗口中跳了進去，恰好看到鐵叔叔在兩個死人的身上，各搜出了一把七八寸長的鑰匙來。

鐵蛋神情嚴肅：「日軍把劫掠了十個縣份的財寶，藏進了深山，擄鐵匠去做了堅固無比的鎖，沒有鑰匙打不開。騎兵大隊被滅之後，只有兩個漏網兵，又搜不出鑰匙來，所以肯定是這兩個漏網之人帶走了。過了那麼久，又不見他們開啟寶藏，這才偽裝我們是唯一的生還者，引他們來上鉤。」

我「啊」地一聲：「藏寶歸你們了！」

祝香香卻疾聲道：「為什麼要歸你們所有？」

鐵蛋一指鐵叔叔：「他就是殲滅日軍騎兵大隊的指揮官，我是他的傳令兵，日軍參謀長傷重臨死之際，把藏寶地點告訴了我們！」

我和祝香香肅然起敬，鐵蛋和我們握手，到分手時，他重申：「我要做將軍，做威名赫赫的將軍！」

若干年後，鐵蛋真的成為威名赫赫的將軍——一群少年人在一起，將來誰會成為什麼，全然不可測，但他們也必然會成為什麼，這就是人生。

對了，祝香香是怎麼知道會有這一切發生，而在樹上等候的？

我好幾次想問她，可是這個美麗的女孩子對保守秘密十分有辦法，我問不出來，也不能嚴刑拷打，是不是？

還有，那一夜，師父沒有找到我，我受了什麼樣的懲罰？唉，別提了，總之，女人是禍水就是！

可是，我一點也不後悔，一點也不！

第三部

初吻

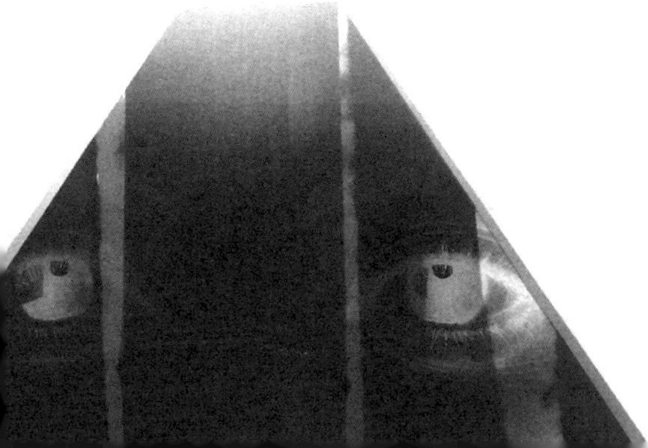

天氣極好，斜陽餘暉在整個天空上，鋪上了一層艷紅色。半邊天，全是深淺不同的紅色魚鱗雲，美麗無比。我躺在草地上，以臂作枕，極目天際，先開口：「有魚鱗雲，明天會有風雨！」

祝香香坐在我的身邊，她的回應來得很快：「明天的事，誰知道呢？」

她的話聽來有點傷感，她雖然有那樣令人驚駭的身分，可是我知道，她的性格，仍然屬於多愁善感這一型。

我轉過頭，向她看去——事實上，我除了欣賞天上的晚霞之外，也一直在看她，我的目光，有時甚至相當大膽。她雖然不回望我，但是她必然感受到我的目光，因為每當我的目光變得大膽，她長長的睫毛就會顫動，牽動了我的心跳。

來到這片草地，我就仰躺了下來，她坐在我的身邊，這是古今中外男女在草地上固定不變的姿勢——不相信的話，可以去任何草地上作仔細觀察。

她約我到這裏來，可是她卻並不開口，只是耐心地把身邊的茅草拔起來，剝出它們的蕊，那是如牙籤大小的、軟軟白白的草蕊，她剝了十來根，放在手心，向我遞過來。

我拿起了其中的一大半，放在口中嚼着，這種草蕊，會帶來一種清清淡淡的甜味。她把剩下的一小半，放進了自己的口中，也緩緩嚼着，然後，她的視線，停在自己的手心上。

想起在那棵大桑樹上，她用手掩住了我的口，我伸出舌來，竟在她的手心上舔了一下的情景，我心中有異樣的感覺。她是不是也有同樣的驚異之感？她的臉頰為什麼紅了起來？那是由於晚霞的映照，還是別的原因？

那種驚異的感覺，漸漸在我的體內擴大，形成了一種渴望，想和她親近，不單是握住她的手，而且，希望能夠親到她的唇！

這種渴望，甚至化為了行動的力量，我陡然坐起身來，向她湊過去，她也正好在這時，抬起頭，向我望來，我和她隔得十分近，在那一刹那，我在她的眼神之中，找不到鼓勵我進一步接近她的神色，那令我心頭狂跳，整個人僵呆。

她又垂下了眼簾，用聽來十分平靜的聲音問：「你在學武，是不是？」

我在敘述日後的經歷時，常用的一句話是「我曾受過嚴格的中國武術訓練」，簡化來說，就是「從小習武」。這是瞞不過祝香香的，因為她也必然是一個從小習武的人。

所以，我心中有點驚訝，因為當我知道她的特殊身分之後，她對我說：「別問我有關的一切，那是秘密，而探聽他人的秘密，是不良行為！」

現在，她這樣問我，算不算是不良行為呢？我回答了她的問題，直視着她。她吸了一口氣，神情十分認真：「帶我去見你師父！」

老實說，我極喜歡祝香香，也會盡一切可能答應她任何要求，可是她要我帶她去見我師父，這令我一時之間，不知如何才好——道理很簡單，我的武術師父，是一個怪得不能再怪的怪人！

我吸了一口氣：「我……我先把拜師的經過，簡單地告訴你！」

祝香香沒有反對，靜靜地等我說。

拜師的過程其實相當簡單，那是一個大雪紛飛的日子，家中的長輩告訴我，如果我喜歡習武，今天可以拜師。小孩子都喜歡習武，自然很快樂地答應。

那是一個大家庭，共同住在十分巨大的大屋之中，大屋有許多院落，有一些，是雖在屋中長大，但也從來未曾到過的。我就被兩個長輩，帶到了一個十分隱蔽的院落中，推開門，看到一個又高又瘦的中年人。那樣的大雪天，只穿着一件灰布罩衫，他站着不動，可是身上、頭上，卻又並無積雪。我一進去，他就轉身向我望來。他目光如電，我在一個吃驚間，就被他伸手抓住手臂，直提了起來。手臂被抓，奇痛徹骨——那種劇痛，一想起來就發抖，所以，我一面發抖，一面對祝香香道：「你見他幹什麼？只怕他一抓，你手臂就得折斷！」

祝香香分明也駭然，可是她還是堅持：「帶我去見他，我……有特殊的原因。」

我嘆了一聲，一躍而起，拍了拍身上：「好，走！」

祝香香一聲不出，跟在我的身後，為了不驚動大屋中其他人，我和祝香香自屋後的圍牆翻進去。那時，滿天晚霞，已變成了深紫色，暮色四合了。

推開了院落的門，就看到師父直挺挺地站在一叢竹子之前——這是他一天二十四小時之中花時間最多的行為，至少超過十小時。我曾問過家中長輩，師父的行為何以如此之怪，得到的回答是責斥，只有一個堂叔，年紀比我大不了多少，才告訴我：這叫「傷心人別有懷抱」。當時年少，自然不明白這句話中所包含的滄桑。

傍晚並不是我習武的時間，所以我一推門進去，師父就倏然轉過身來，接下來發生的事，簡直事先絕無法料到。祝香香在我的身邊，師父一轉身，自然也看到了她，兩個人才一看到對方，竟然同時，發出了一下尖銳之極的叫聲，又各自伸手，向對方指了一指。

緊接着，祝香香一個轉身，奪門便逃，身法快捷無倫。任何人在這樣的驟變之中，都會不知道該如何做。但是我自幼反應敏捷，連想也沒有想，一個轉身，也撲出門，去追祝香香。

祝香香先我一步翻出圍牆，我緊跟着追上去，她一直在前飛奔，足足奔出了好幾里，連我也氣喘到胸口發疼，她才在一棵樹下停步，扶着樹幹喘氣。

我趕到她身旁，兩人除了喘氣之外，什麼也不能做。等到呼吸漸漸回復正常，我們才陡然發現，原來我們面對面，距離如此之近，鼻尖之間，相距不會超過二十公分。

我相信她和我同時屏住了呼吸，在這時，我慢慢地和她更接近，她有點全然不知所措的神情，雙眼閃耀着十分迷惘的光采，一動也不動。一個十分自然的親吻，很快就可以完成，可是就在這時，她的手揚起，抵在我的心口，我劇烈的心跳，一定通過她的手心，傳給了她，所以她也震動了一下。

她口唇掀動，用十分低但十分清楚的聲音說了兩句話。我完全可以聽得懂她說的是什麼，但還是無法相信。我實在想笑，但張大了口，出不了聲。而祝香香叫：「是真的！」

她一面叫，一面又奔了開去。我沒有追，只是像泥塑木雕一樣地站着。

那天晚上，我究竟在樹下站了多久，實在難以記憶了，只記得再推開那院落的門時，頭髮和身上都很濕，那是露水，午夜時分才會產生的自然現象。

師父仍然站在那叢竹子之前，和往日不同的是，他並沒有叫我習武，只是一聲不出。我自己也心神恍惚，一切的經過，好像是一場怪不可言的夢，所以我也不作聲。

又過了好一會兒，師父才緩緩轉過身，我向他看了一眼，心中着實吃驚——師父的雙眼，一向炯炯有神，可是這時，竟然完全沒有了神采。

想起他和祝香香一個照面後的那種怪異情形，我心中大是嘀咕，怕不但會捱罵，而且還會被責打——如果是那樣，那真是乖乖不得了，師父的武功究竟有多高，我那時完全不知（直到現在，也還不知道），但是我曾見過，一次他怔怔地站在竹前，忽然一伸手，抓住了一根幼細的竹子，也沒有見他怎麼運勁，那根竹子，竟被他抓得「格格」斷裂！

那一次目睹的情形，令我駭然，這才知道我第一次見他時，我被他抓住了雙臂，奇痛徹骨，還算是好的，他可以輕而易舉，把我的臂骨捏碎！

而且，一個授業很嚴厲的師父，給少年人的印象不多（老師也一樣），大多只是敬畏，我和師父的關係也是一樣，私下給師父取的外號是「鐵面人」，從來沒有見他笑過。更奇的是，全家上下，竟然沒有一個人知道他的來歷。當然，幾個主要的長輩，應該知道，只是不肯說。而且，大家庭之中和我同齡的孩子不少，他卻經過了一年的挑選，只挑中了我一個——他是在什麼情形之下進行挑選的，我也一無所知。

我對於這樣一個身懷絕技，又神秘無比的人物，自然更有一種莫名的恐懼，何況他和祝香香見面的情形，又如此怪異。

我惴惴不安地等他發落，他目光空空地望着我，可是卻又像根本看不見我。過了好一會，他才十分緩慢地揮了揮手：「今晚不練了，明天再說！」

一時之間，我不相信自己的耳朵——拜師之初，他就曾十分嚴厲地告誡過我：習武練功，一日不能停！停一日，就有惰性，會停兩日三日，再也練不下去！

所以一聽到他那樣說，我呆了一呆，才道：「師父，我自己練！」

師父也不置可否，只是又揮了揮手。我看出他不想有人打擾，就退了出來。

當晚我睡得不好，翻來覆去地想，明天怎麼問祝香香，她究竟有什麼「特殊的原因」要見我師父，又何以見了師父後會有這樣的怪現象。

想好了如何發問，可是第二天祝香香竟然沒有上學。好不容易等到了放學，我裝着不經意，向幾個女同學問她們可知祝香香的地址，只有一個知道她住在城東一帶。

縣城雖不是大城市，但也有大街小巷，我在城東亂轉，一直到天深黑，也問不出所以然，只好回去。明明不順路，卻經過昨晚那棵樹，繞了幾個圈，這才回家，蒙頭大睡。

奇事就在那一晚發生——當時，我只把發生的事，當成了一個夢，後來才知道可能有別的解釋。

不知道是什麼時候開始，我感到自己在一種十分朦朧，記憶並不完整的情形下，又身處在那棵樹下，心情十分焦急，是一種等待的焦急，雙手握着拳，不住地在樹幹上敲打。

等的是什麼呢？隱隱知道，可是又很模糊，但一等到祝香香出現的時候，一切都再清楚不過：等的就是她！我甚至不知道她何以會來，但是我知道她一定會來！

她看到了我，加快了腳步，我向她迎上去，兩個人迅速接近。黑暗之中，她的大眼睛分外明亮，她的氣息有點急促，靠近之後，有極短暫的靜止。然後，就像果子成熟，離開了樹之後，必然落向地面那樣自然，我和她輕輕擁在一起。兩個初次和異性有這樣親密接觸的身子，都以同一頻率在發顫——由於頻率完全一致，所以當時，雙方都察覺不出自己或對方的身子在發顫。

我們互相凝望，她精緻而嬌俏的臉龐，在月色下看來，簡直叫人窒息。然後，由於臉和臉之間的距離變得更近，看出來的情形，就有點朦朧，而我在這時，感到了她的氣息，那是一股只要略沾到一點兒，就令人全身舒暢的幽香。在這樣的情形下，尋求幽香的來源，是再自然不過的事，所以就是唇和唇的相接。

什麼叫騰雲駕霧？那時就是！

才一和她柔軟、潤濕的雙唇相碰，人的其他感覺，便不再存在了。不知道是什麼樣的生物化學作用，在腦部起了什麼樣的運作，只不過是唇和唇的接觸，怎麼會令到整個人都飄了起來，連萬有引力的定律都不再存在？

她一直依偎在我的懷內，我並不感到她抱得我愈來愈緊，只是感到我和她唇和唇壓得更緊，兩個人的氣息都急促，感到需要喘息。於是，更奇妙的事發生了，我們都微微張開了口，本來只是芳香的氣息，這時變成了實實在在的感覺，軟滑和芳香的組合，滲入口中，傳遍全身，時間停頓，四周圍的一切消失，是真實但又是那麼不真實，進入了一個前所未有過，怎麼想像也想像不出真正滋味的奇妙境地之中！

初吻！

初吻，是每一個人都會有的經歷，但絕少像我那樣奇怪。因為當我的一切感覺，漸漸恢復正常之後，我發覺自己雙眼睜得極大，躺在牀上，根本不在那棵樹下，也根本沒有祝香香柔軟嬌小的身子在我的懷中！

一場夢！可是我堅決地搖頭，不承認那是夢，因為那種美麗的感覺太真實，不可能是夢。

正當我自己思想作「夢」和「不是夢」的鬥爭糾纏時，門被推開，師父進來，我想起錯過了練功的時間，一躍而起，師父望了我片刻，嗓音有點啞：「我走了！」

他竟沒有多說一個字，轉身便出了門，我追出去，早已蹤影不見！

那是我武術的啟蒙師父，他是一個奇人，要寫他的故事，可以有許多許多，但這個故事並不是寫他。

天剛亮就到學校，祝香香仍沒上學。又在東城轉到了天黑，再在樹下等，不斷用拳打樹，使拳頭感到疼痛，以證明不是身在夢境。可是打到天亮，祝香香也沒有再出現。

一直到十天之後，我已幾乎絕望了，祝香香這才又在學校出現。若不是眾多同學在，我一定如餓虎撲羊一樣，把她摟在懷中了！

她向老師解釋：十天前和家人有要事北上。據她說，是那晚見了我師父之後，天沒亮就動身搭火車走的。我連問了幾次，日子時間沒有錯，足可證明第二天晚上我在樹下和她親熱，只是一場夢！

那令我沮喪之至，可是過了幾天，有一次我們單獨相處，忽然之間，我覺得可以化夢境為真實。但是當我們漸漸接近，她又用手抵住了我的胸口，重複了那兩句話，使我不能再有行動。

她又幽幽地嘆了一聲，陡然之間，俏臉緋紅，聲音細得幾乎聽不見：「我……有一晚做了一個……像真經歷一樣的夢，和你……和你……」

她臉紅得像火燒，指了指我的唇。

我失聲問：「是你見了我師父之後的第二晚？」

她的頭垂得極低，但還是可以聽到她發出了「嗯」的一聲。

我感到一陣暈眩：這是什麼現象？兩個人，相隔遙遠，卻又同在一個「夢境」中相聚親熱。

衛斯理畢竟是衛斯理，連那麼普通的初吻，都可以鬧得如此迷幻，各位自然也可以明白，何以在我日後的遭遇中，我不止一次假設人的身體和靈魂的關係。

毫無疑問，樹下擁吻的感覺是如此真實，是我們的靈魂真曾相聚的一次經歷！

哦，對了，祝香香兩次用手抵在我胸口，不讓我再接近時，所說的是什麼？

她說的是：「我……有丈夫……指腹為婚的。」

第一次聽到這樣的話，必然忍不住想大笑，是不是？

第四部

鬼竹

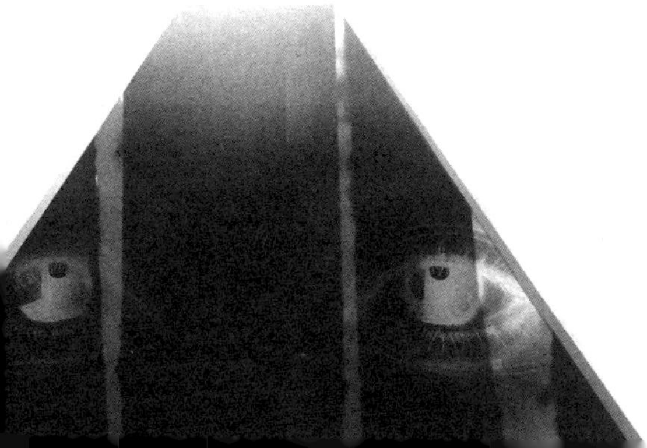

人的性格是天生的，但知識和技能，卻是靠後天學習和訓練得來的。

而人的年齡，和他吸收知識的能力成反比例，他就是說：年紀小，吸收能力強；年紀大，吸收能力弱。所以，人不努力枉少年，少年時期所學到的、吸收到的能力，可能終身受用。

我在跟我第一個師父學武的時候，只覺得過程極之痛苦，可是日後才知，武術最主要的是根基紮得好，我就是打好了根基，所以能在武術上有所成就。

說起我的第一個武術師父，神秘之極——後來，我遇到了不知多少神秘人物，包括外星人在內，可是，我仍然認為，這個師父，是頂級神秘人物。

上次，曾約略提過他的一些怪事，這個故事，則是以他為主的，只是一些零星的記述，等到成年之後，閱歷多了，想起往事，有點蛛絲馬迹，很是可疑，可是始終無法揭開他的神秘面目，也算是一件怪事。

師父住在大宅的一個小院落中，那是大宅內十分僻靜的一處所在。

在擁擠的都市內住慣了的人，很難想像一所大宅可以大到什麼程度。像我兒時所住的大宅，有不少角落，全是兒童探險的目標，要一步一驚心去察看，也不知會有什麼怪人怪物忽然冒出來。

若不是那一次，一個堂叔從湖南回來，我根本不知道那院落住着人。

上次我說過，師父喜歡竹，那個堂叔，多半是師父的好朋友，出外旅行回來，竟然帶了十多盆盆栽的竹子，而且那是很大的盆子，有的根本種在水缸裏，真難想像，千里迢迢，是如何運回來的。

幾十個挑伕，大聲哼唷着，把那十幾盆各種各樣的竹子抬進了門，我和幾個年齡差不多的堂兄弟姐妹就擁過去看熱鬧。

十幾盆竹子的品種都不同，有的竟是四方竹，有的漆黑，有的翠綠，有的有着閃亮的金黃色條紋，有的一節一節鼓出來，有的生滿了橢圓形的斑點（這一種，我認得，它叫「湘妃竹」，斑點是一雙多情女子的淚痕）。

其中最特別的一棵，竟是白色的，那種白色，恰如剖開的筍，了無生氣。這種竹的形狀也很特別，呈扁圓形，很粗，直徑怕足有一「虎口」（伸直食指和拇指之間的距離，約十五公分），高也只有四虎口，看來是從一棵粗大的竹幹截下來的一節。若不是有兩根小枝，打橫伸出，又有幾片竹葉的話，就只當它是一個扁圓竹筒，不知道它是活的竹子。

這樣奇怪的竹子，栽種在一個白色的瓷盆中，算是最小件的。

我一見這盆竹子，就感到十分怪異，那自然只是一種直覺，說不出什麼道理。堂叔拍着我的肩：「來，捧起它，跟我來。」

我也不知道他要我去幹什麼，這盆竹子也相當重，我雙手捧起，重得連臉都一下子漲紅了，其他孩子看到這種情形，唯恐這種苦差會落在他們身上，一哄而散。

我吃力地捧着這盆竹子，跟在堂叔後面走，只覺得愈來愈重，而且，過了一進又一進房舍，走了一個又一個院落，似乎永遠到不了目的地。好不容易到了那院落，堂叔逕自推門，我才看到了有一個人，又高又瘦，站在一叢竹子之前，明知有人來了，也不轉身。

我已累得汗出如漿，氣喘如牛，放下了那盆竹子，堂叔和那人開始的幾句寒暄，我根本無法聽得見。

等到我定過神來時，師父（那人自然就是我後來的師父）和堂叔，已經來到了那盆竹子之前，我努力挺胸凸肚，好讓他們注意那竹子是我用盡了吃奶的氣力搬來的，當時甚至還不到少年的年齡，只算是大兒童，當然覺得自己的偉舉非同小可，希望受到大人的誇獎。

可是兩個大人根本不理我，只是盯着那竹子看。我這才看清師父的面色極蒼白，可是雙眼有神，有一種異樣的光采。他看了不一會，伸足尖一挑，竟將那盆我用盡了氣力捧來的竹子，當作是紙紮的一樣，輕輕易易就挑了起來，雙手接住，神情激動之極，嗓音又啞又發顫：「這可不得了，你可知道這是……什麼竹子？」

堂叔神情高興：「還怕你不識貨呢！排教中的一個長老告訴我，這竹子百年難逢，叫『鬼竹』！」

（我當時完全不懂什麼是「排教的長老」，那是另外許多怪異故事的題材。各位如果也不懂，別心急，日後有機會會介紹。）

師父的聲音仍然發顫：「是啊！那是『鬼竹』！」

他伸手在竹筒似的竹子表面上，輕輕撫摸着，像是在自言自語：「一直只是聽傳說，想不到真有這樣的寶物！」

堂叔恭維師父：「閣下真是博學多才，人家告訴我這竹子的神奇處，我還不相信呢！」

他說時，眼望着師父，有點挑戰的意味，像是想考考師父，是不是知道這竹子的神奇處是什麼。

師父深深地吸了一口氣，說得十分緩慢，他那一番話，我記得十分清楚，所以才有幾年之後，我和一個同學作弄師父的那宗惡作劇發生。

師父說道：「這竹子秉大地靈氣而生，能通鬼域，靈氣所鍾，又能直通人心——」

他說到這裏，先指了指自己的心口，猶豫了一下，又指了指自己的額頭，繼續道：「能和人心意相通，若是對着它，不斷思念一個人，這個人的面貌形容，就會在竹身上現出來，維妙維肖。」

堂叔笑：「正是，所以我千方百計找了來，正好為閣下解愁！」

當時，我並不明白這兩句話的意思，後來想起，才知道堂叔和師父必然交情很深，知道師父的心事，一直在思念着一個人，所以才千方百計弄了這棵奇妙的「鬼竹」來，好使他所思念的人，在竹身上現出來。

我憑着記性，把大人的話記了下來，其實是莫名所以，也無法求解釋。

當年冬季，我就拜了師——此後，每次看到師父，都見他在竹前沉思，最多是在那盆「鬼竹」之前。我也很留意，竹身一直是啞白色的，別說沒有什麼人像出現，連頭髮也不見一條。

又過了幾年，我已完成小學課程，自覺已經很成熟，而且在同學之中，一向以常識豐富、能說會道而出名。一次，許多同學聚在一起，又要我說故事，我就說了這個「鬼竹」的故事。

誰知道所有的人聽了，都嘻哈絕倒。他們取笑我的原因是：「哪有這種事？太不科學了！」

我十分惱怒：「當時我聽到他們這樣說的！」

好多人問我：「竹子上出現了什麼人沒有？」

我也不禁氣餒：「沒有。」

各人又笑，只有一個同學，現出十分頑皮的神情，走過來，在我耳際悄聲說了一句：「帶我去，我去畫一個人像在竹子上！」

我先是一怔，但接着，只覺得這個主意，簡直是妙到了極點！

這個同學姓吳，叫什麼名字，已經沒有意義，只是一個名字。他自號「道子再世」，又有一枚印章，別的是「丹青妙手天下獨步」——他本來擬好的印文是「丹青妙手天下第一」，後來老師看了，提議他改「第一」為「獨步」，他接受了。

這位吳同學是天生的繪畫藝術家，天才橫溢，年甫五歲，作品已遠近馳名，畫什麼像什麼，尤其擅長人像畫，不論是工筆細繪，還是只是幾筆的白描，無不活靈活現，如見其人。除了繪畫之外，諸如書法、篆刻，無所不精，確然是一個奇才，是所有同學之中，最可以肯定，他日必然大有所成，一定是一個名震國際的藝術大師。老師曾不止一次引杜甫的話，對我們說：「你們現在年紀輕，將來都會各有發展，像吳同學，一定是大藝術家，將來你們回想少年時的生活，便會輕嘆：『同學少年多不賤，五陵裘馬自輕肥』。」

可是，世事豈是可以預料的，這位天才，後來迭遭橫逆，人世間所有的不幸，一件接一件，降臨在他的身上，竟一直不停地在噩運中打轉，到後來，下落不明，生死難卜，是所有同學中遭遇最淒慘的一位，真不知道命運是怎麼安排的！

他的不幸遭遇，就算是寫十分之一出來，也是一個淒慘之極的故事，不會受人歡迎，不提也罷。由於「鬼竹」這件事，無可避免地想起了他，多花了一些筆墨，也算是對他的懷念。

卻說他神神秘秘，叫我「附耳上來」，向我獻策，由他在竹身上去畫一個人像，捉弄師父。這個主意，對頑皮的少年人來說，當真是新奇刺激，有趣好玩，兼而有之，自然立時叫好，舉腳贊成。

於是，我們詳細討論了細節問題，首先肯定，師父一直癡癡思念的，一定是一位女性，於是決定了在竹上畫一個美人首。

時間也定下了，我每日午夜去學武，大多數是我到了才叫醒師父，所以定在晚上十一時過後。吳同學拍心口：「半小時就夠了，保證畫出來的美人，沉魚落雁，閉月羞花，不然，我怎能稱丹青妙手！」

一切計劃妥當，想起平日不苟言笑，面罩寒霜，不住長嗟短嘆，傷心人別有懷抱（那堂叔說的）的師父，忽然見到竹子上出現了一個美人的情形，我不知道到時是不是忍得着狂笑。

決定行事的那晚，放學之後吳同學就跟我回家，他拿着一疊紙，隨意畫着大宅中的一切，幾個長輩無意中看到，都嘖嘖稱奇。

晚飯後我們天南地北聊了一會，各抒抱負，我最記得他表示遺憾：「所有同學將來會做什麼，都是未知數，只有我，肯定了是畫家，再也沒有變化，真乏味！」

我在他的頭上拍了一下：「你是天才！注定了你要當畫家，有什麼不好！」

當時，自然想不到，發生在他身上的變化，比誰都多！

臨出發前，我畢竟有點害怕，偷了小半瓶酒來，和他一人一口喝完，壯壯膽子，然後，就偷進了師父住的那個院落。

當晚月色很好，大宅各處，都是各種秋蟲所發出的唧唧啾啾的聲響，更令環境清冷。一進院子，就看到了那盆竹子。

竹子在月光之下，看來更是慘白，它是圓形的，所以竹身有兩個並非凸起太多的平面。

我們小心翼翼，來到了竹子之前，吳同學先伸手在面對我們的平面上，撫摸了一下，低聲道：「肥皂水！」

生長中的竹子，表面滑，不容易上色，如果先用肥皂水抹一遍，就容易落墨。肥皂水是早帶來的，我用絲瓜精，醮了肥皂水，才要去抹，忽然看到吳同學打量着這棵奇特的竹子，已轉到另一面。只見他雙眼怒凸，眼珠子像是要跌出來，盯着竹子，張大了口，喉間「格格」有聲，神情如見鬼魅！

當時，我還沒有想到事情會那樣令人震駭，我只是看出，他想大聲叫，只是還沒有叫出來而已！而如果給他大聲一叫，必然叫醒師父，那可是大禍臨頭了！

所以，我一個箭步，掠向前去，以最快的動作，一伸手，已捂住了他的口，不許他出聲。我的手才一捂上去，他竟然張口咬住了我的掌緣，極痛，幾乎令我也忍不住要大叫起來。我也確然張大了口，可也就在這時，我看到了眼前的情景，那令到我再也發不出聲音來！

月光之下，看得分明，在竹子的另一邊，那慘白色的竹身平面上，有一個絕色美人的頭像，幾乎和真人一樣大。那不僅是人像，簡直似是活的，像是電影鏡頭。那是一個年輕女人，神情略帶愁苦，可是又有着一絲令人心醉的微笑，眉梢眼角的那種美意，即使是少年人，看了也心醉。眼波流轉，朱唇微啟，似欲言語。她究竟有沒有發出聲音來，我們都無法知道，因為腦中轟然作響，如同天崩地裂！

我們想在竹上畫一個女人捉弄師父，可是竹子真是「鬼竹」，真的有那種神奇的作用，會現出人像來，而且是活的人像！

我們盯着竹上的美女，不知多久，恰好在有一朵雲遮蔽了月光時，竹上的人像，竟也淡去，等到月光再現，竹上已什麼都沒有了！

我拉着吳同學，向外就奔，奔到了一堵牆前，方才大口喘氣。吳同學面色煞白，十分認真：「我畫不出來，我再也畫不出來！」

我同意他的話，出現在竹子上的人像，根本是活的，怎麼也畫不出來！

吳同學忽然握住了我的手臂：「那美人必然就是你師父日思夜想的人了，你……看她像誰？」

畫家對人像的觀察，細緻深入，自然有異於常人，我搖了搖頭，反問：「像誰？」

吳同學十分認真地回答：「像我們班的女同學，祝香香，像她！」

我和祝香香，有異於普通同學，聽了之後，心中一動，確然有幾分像，只是祝香香素淡，竹上的美女，卻十分淒艷。

吳同學忽然又害怕起來：「我們得窺天機，可不要對任何人提起……」

當下擊掌為盟，共守秘密，我連對師父也沒有說。直到後來，祝香香要我帶她去見師父，兩人一照面，行為便如此奇特，師父接着也不知所蹤，我才聯想到，祝香香、竹子上的那美女，和師父三人之間，是不是存在着一個動人的故事呢？

當然，我問過祝香香，經過情形，叫人失望、生氣，那是另一段少年時的經歷，她有一句話，竟然說中了我的一生。

還有，師父飄然離去，什麼也沒有帶，只攜走了那一盆「鬼竹」——至於他是不是也見過竹身上的美人，那就不得而知了。等我年歲又增長了些時，我倒寧願他沒有見過，可以肯定，見了之後，他會更增相思之苦！

因為，竹上的那個美女，太值得相思了。

第五部

丈夫

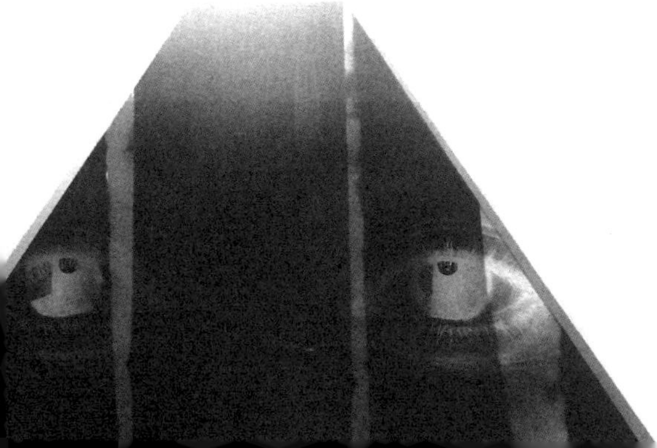

冬日陽光所帶來的溫暖，還不足抵消嚴寒。所以我雙手按在城牆上，還是冷得手指發麻。

城牆可能建於百年或上千年之前，早已不完整，我們所在的這一段，上半截爛了一半，只剩下十來公尺的一段，破縫中長滿了各種各樣的野草，早已枯黃。

是的，不是我一個人，是我們——我和祝香香。

我們用一個相當罕見的姿勢站在城牆前。祝香香背緊貼着牆，身子也站得很直。而我，就在她的對面，雙手按在牆上，手臂伸直，身子也站得很直，雙手所按之處，是在她頭部的兩邊，也就是説，她整個人，都在我的雙臂之內，而我們鼻尖和鼻尖之間的距離，不會超過二十公分。

和自己心裏喜歡的異性，用這樣的方法互相凝視，是十分賞心快樂的事，我不知道她怎麼想——想來她也是感到快樂的，不然，她可以脱出我手臂的範圍，也更不會不時抬起眼來，用她那澄澈的眼睛望上我幾秒鐘，再垂下眼簾，睫毛顫動。

如果不是曾經兩次被拒，這時，是親吻她的好機會。這時，我只是思緒相當紊亂地想：我吻過她，我真的吻過她！雖然回想起來，如夢如幻，但是當時的感覺如此真實，而且，她和我一樣，同時也有這樣的經歷，這說明，那次經歷真的發生過！

那時，離我的「初吻」不久，還無法十分精確地理解這件事的真相，直到若干年之後，才恍然大悟，那分明是一次十分實在的靈魂離體的經驗——不單是我一個人，是我和祝香香兩人同時靈魂離體、相會、親熱的經歷！

雖然，為何會有這樣的情形發生，我至今未明，因為人類對於靈魂，雖然已在積極研究，但所知實在太少了！

那個冬日的早晨，我和祝香香用這樣的姿勢站着，已經很久了，兩人都不動，也不說話，在別人（尤其是成年人）看來，我們很無聊，但是我們知道自己的享受。

忽然，城牆上的破縫之中，一條四腳蛇，可能被燦爛的陽光所迷惑，以為春天已經來了，所以半探出身子來，可是牠實在還在冬眠期間，行動不靈，一下子就失足跌了下來，落到了祝香香的頭上。

她伸手去拂，我也伸手去拂，兩個人的手，碰在一起，兩個人的動作，也都停止了，自然而然，她望向我，我望向她。

我用另一隻手拂去了那條知情識趣、適時出現的四腳蛇，祝香香並不縮開手，於是我就把她的手拉得更緊了一些。她低嘆了一聲，我忙道：「就算你曾經指腹為婚，是有丈夫的，也不妨和好朋友說說話！」

祝香香的聲音聽起來平靜：「和你說話，只不過是不斷地接受你的盤問！」

我低嘆了一聲（那時候，青少年很流行動不動就嘆氣，這就是「為賦新詞強說愁」的境界，時代不同，現在的青少年，大抵很少嘆息的了）：「心中有疑，總要問一問，好朋友之間，不應該有秘密！」

祝香香陡然睜大了眼睛：「錯，再親密的兩個人之間，也存在秘密。人和人之間的溝通方式是間接溝通，所以必然各有各的秘密！」

祝香香的話，聽來十分深奧，要好好想一想，才會明白。我當時就想了好一會才接受，而且極之同意。

祝香香忽然又笑了起來（笑聲真好聽）：「而且，你想知道的疑問太多了！」

我又自然而然地嘆了一聲，的確，祝香香這美麗的女孩子，整個人都是謎。早幾天，我曾對她說：「你有詩一樣的臉譜，謎一樣的生命！」

祝香香的反應是連續一分鐘的淺笑，看得人心曠神怡。

雖然她一再表示我不應該多問，但是我天生好奇心極強（這種性格一直沒有改變過，甚至愈來愈甚），所以我還是道：「有一個疑團，非解決不可，因為這件事，是由你而起的。」

祝香香十分聰明，她立時道：「我不會說！」

我提高了聲線：「你要說，因為你令我失去了師父！」

祝香香曾要求我帶她去見我的師父，接着兩人才打了一個照面，就發生了再也想不到的結果，師父從此消失。事情由她而起，我自然有一定的理由，要問明白那究竟是怎麼一回事。

祝香香仍然緊抿着嘴，搖着頭，表示她不會說。

我把她的手握得更緊，並且想把她拉近來。可是別看她瘦弱，氣力卻相當大，那自然是她受過嚴格的武術訓練之故。我採取了迂迴的戰術：「你不說也不要緊，我的武術師父走了，你的武術底子好，把你的師父介紹給我，我要繼續練下去！」

祝香香一聽，像是聽到了什麼可笑之至的事，頭搖得更甚，俏臉滿是笑意。

我佯裝生氣：「這也不行，那也不說！」

祝香香不再搖頭，望着我，現出猶豫的神情，我心中一喜，知道人現出了這種神情，那是已經準備透露秘密的了，尤其是女孩子，一有這樣的神情，就可以在她們的口中知悉秘密。

我不再用言語催她——催得緊了，反而會誤事。我只是用眼光鼓勵她，把秘密說出來，不論她肯說的是什麼秘密，那總是一個突破，在她身上的許多謎團，有可能自此一一解開來！

她微微張開口，說了五個字：「你不能拜我——」

她當然是準備一口氣說下去，可是陡然之間，一陣十分陌生怪異的聲響，自遠方傳來，像是一連串的響雷，平地而起，而且正着地滾動，迅速向近處傳來。

這突如其來的變化，真該死，打斷了祝香香的話頭，我們一起循聲看去，一時之間，竟不知發生了什麼事！

城牆的不遠處，是一條古老的道路，這時，約在一里開外，隨着「雷聲」，塵頭大起，看來竟像是一隻會發出雷聲的、其大無比的怪獸，正以萬馬奔騰之勢，向前衝了過來，聲勢霸道，懾人心魄！

「怪獸」來得極快，等到揚起的塵土撲到近處，這才看清，疾駛而來的，是十多輛摩托車。

摩托車，又稱「機器腳踏車」，也叫「電驢子」，在粵語系統中，叫作「電單車」。那是十分普通的一種交通工具。可是在當時，這種交通工具，並不多見，所以當塵頭大起之際，我竟不能一下子就明白那是什麼怪東西。

忽然會有那樣的一隊摩托車駛來，事情雖不尋常，但我也決計未料到事情會和我有關。

眼看車隊捲起老高的塵土，疾駛而過，但是才駛過了幾十公尺，只聽得車隊之中，傳來了一下呼嘯聲，所有的車子，一下子轉了頭，又駛了回來，在十多輛車子一起回轉時，捲起了一股塵柱，看來十分壯觀。

車隊回頭之後，立時停了下來，停在離我們不到十公尺的路上。

我立即感到，這隊威風凜凜的車隊，有可能是衝着我們來的！

我從來也沒有見過這樣的車隊，難道是祝香香？

我先回頭向她看了一眼，只見她輕咬着下唇，面色發白，現出十分不快的神情——可知我所料不差。

我轉頭去打量車隊，一看之下，不禁大是吃驚！

那一隊駕車而來的，除了其中一個之外，其餘的，竟全是穿着一色的黃呢制服的軍官，帽星、肩章上，都有閃閃生光的軍官標誌，看來個個神俊非凡，加上人人都戴着防風眼罩，看來更添神秘感。

那唯一不穿軍服的，頭戴皮帽，上身是一件漆黑錚亮的皮上裝，半豎着領子，下身是馬褲、長皮靴，帥氣之極，這樣的一身打扮，是絕大多數青少年夢寐以求的。

他首先下車，下車的時候，只是隨便把車推在地上就算。他向我們走來，我看到他左右腰際都佩着手槍的同時，感到祝香香在我身邊，縮了一下，到了我的身後——這毫無疑問，是她需要保護的意思。

我想都不想，就踏前半步，表示了我保護她的決心。

我的性格，在分類上，屬於多血質。也就是說，行為上比較衝動，處事甚少深思熟慮，而是風風火火，想做就做。這種性格的人，在一些事情上會吃虧，但在另一些事情上，卻會佔便宜——天下本來就沒有十全十美的事，人的各種性格也一樣。

像那時，對方的來勢具有如此的聲威，雖然我看出那向我走來的人，年紀比我大不了多少，但是單是他腰際所佩的兩支手槍，就足以使我不是敵手。若是我細想一想，一定拉了祝香香，三十六着，走為上着，溜之大吉，如何還敢一覺得祝香香需要保護，就挺身而出？

那個打扮得像威武大將軍一樣的少年（至多是青年）大踏步向前走來、我也毫無畏懼地向前迎去。祝香香一直緊跟在我的身後，這更給了我無比的勇氣。

一直到我和他面對面，近距離站定，我還根本不知道他是什麼人，也不知道發生了什麼事。

那人連站立的姿勢都十分誇張，身子略向後仰，不可一世，他也戴着防風眼罩，所以不能看清楚他的面貌，不過我也可以感到，他的目光，只在我身上轉了一轉，就投向了我身後的祝香香！

我剛在想：果然是衝着她來的！已聽得那人用十分囂張的聲音叫：「香香，到處找你不見，為何在這裏？」

祝香香並沒有回答，我只聽到她發出了一下深深的吸氣聲。我這時大聲道：「她為何不可以在這裏？是我約她出來的！」

那人暴喝一聲，伸手直指向我：「你是什麼東西？」

我們一對話，那十來個本來在摩托車上的軍官，有幾個已經下車，大踏步向前走來。

我一挺胸，冷冷地道：「我不是東西，是人，你又是什麼東西？」

我面對的那個人，可能是平時驕橫慣了，行為十分反常，我的回答當然不算友善，可是，卻是他無禮在前，又怎能怪我？而他接下來的行為，更是乖張，竟然一揚手，就向我臉上摑來！

他戴着十分精美的皮手套——衣飾、派頭，都不像普通人，自然是非富即貴的大少爺，但就算他是大總統的兒子，我也不能讓他打中！

他揮手揮得太肆無忌憚了，而且必然在這之前，未曾遭到過任何反抗，所以也就不懂得如何防範。他才一出手，我一揚手，已經抓住了他的手腕，就勢一轉，已把他的手臂反扭了過來。

情形在一秒鐘之間，起了劇變，我已把那人的右臂扭到了他的背後，把他制住了！

那人怪叫，好幾個軍官大聲呼喝，疾奔過來。那人左手一探，就去取腰際的手槍，出手居然極快，眼看我無法阻止，一旁忽然有一隻凍得通紅的小手，早了一步伸過來將手槍摘在手中。

那人又是一聲怪叫，手僵在腰際，不知如何才好。

我一看到祝香香摘下了他的手槍，不禁大喜，急叫：「擒賊擒王！」

這時，軍官呼喝着，聲勢洶洶向前奔來，我已看出，那人反正是首領，自然是要把他制住了再說！

祝香香聽到我的叫喚，把手槍在那人的額上指了指，向我作了一個看來很頑皮的笑容。我趁機大叫：「都站住，誰也不許動！」

奔向前來的軍官立時收勢，奔在最前的兩個，收得太急，竟跌倒在地，十分狼狽。

那人又驚又怒，叫：「香香，開什麼玩笑！快和我一起走！」

我手上加了幾分勁，那會令得他手臂生痛，但那傢伙居然忍住了沒出聲，只是咬牙切齒地叫：「香香！」

祝香香低下頭極短的時間，忽然抬起頭來，柔聲對我道：「放開他！」

我呆了一呆，發急：「不能放，這一幫不知是什麼人，明顯對你不利！」

祝香香笑了一下，笑容看來有點勉強，她接下來所說的話，令我天旋地轉！她道：「他們不會對我不利，他是我的丈夫，記得，我對你說過，指腹為婚的！」

我腦中「轟」地一聲，那人趁機用力一掙，被他掙了開去，他一脫身，立時拿了另一支槍在手，指住了我，我那時也根本不知道什麼叫害怕，因為祝香香的話，我除了盯着她看之外，什麼也做不了。

那人又吼又叫，我也聽不清他在叫嚷些什麼。

祝香香現出無可奈何的神情，她居然還記得不久前我問她的問題，只答了五個字，這時繼續說下去：「你不能拜我的師父做師父，我的武術，是我母親教的——」

她說到這裏，忽然把聲音壓得極低，只有我一個聽得見：「她就在那截城牆後面，我知道！」

我心緒亂極，實在不知如何才好，只聽到那傢伙一面揮着槍，一面還在叫嚷：「你敢不敢？敢不敢？」

我一口惡氣，正無處發出，立時轉頭向他：「有什麼不敢？什麼我都敢！」

我一有了回答，那人反倒靜了下來，後退了一步，盯着我看，雖然隔着玻璃，也可以看出，他眼光之中，充滿了憤怒和兇狠。

這時，我也比較鎮定，知道自己一定是答應了他做一件什麼事，可是由於剛才思緒太亂，竟沒有聽清楚他要我做的是什麼。

年紀輕，行為有一股豁出去的勁，答應了做就做，有什麼大不了的，所以也懶得再問。

那傢伙盯了我足有一分鐘，我也同樣盯着他，他這才一揮手，叫：「香香，我們走！」

我正在想，祝香香怎麼會跟他走，可是他一轉身，向大路走去，祝香香竟然就跟在他的身後！

我又驚又急，一步跨出，祝香香轉過頭來，向我身後，指了一指，我轉過頭去，沒有看到什麼，再轉回頭來時，已有軍官扶起了那傢伙的車，祝香香上了他的車，那傢伙上了另一輛車，一陣引擎聲中，兩輛車先疾馳而去，其他的軍官，紛紛上車，老高的塵土揚起，名副其實，車隊絕塵而去！

我呆立着，任由塵土向我蓋下來，心中委曲和憤怒交集，驚訝和傷心交織，不知是什麼滋味，也不知如何才好，更不知呆立了多久。

等到我又定過神來，日頭已經斜了，我一低頭，看到地上，除了我的影子之外，身邊還有另外一個細長的影子在——那也就是說，就在貼近我的身後，另外有人！

我疾轉過身，就看到了一個很美麗的婦人，正望着我，這美婦人叫人一看，就感到十分親切，我也立刻知道了她是祝香香的母親——剛才祝香香曾說過的！

一看到了她，我只覺得心中的委曲更甚，同時，也覺得心中不論有什麼樣的委曲，都可以向她傾訴。我指着祝香香離去的方向，啞着嗓子叫：「那傢伙……香香說那傢伙是她的丈夫！」

我一面說着，一面還重重地頓着腳，表示這種情形，荒誕之極！

可是，香香媽媽卻用祥和的、聽了令人心神寧貼的聲音道：「是的，他們指腹為婚。」

雖然我對她很有好感，可是也按捺不了怒火，行動也就無禮起來，我指着她的腹部，尖聲道：「你……你怎麼可以做這樣愚蠢的事，你知道現在是什麼時代？你們這些大人，簡直……簡直……」

她打斷了我的話頭：「我也認為這是大人的荒唐行為。那不是我決定的，是香香父親的決定！」

我忍不住口出惡言：「他混帳！他沒權做這樣的決定。」

香香媽媽伸手按住了我的肩頭，柔聲道：「小伙子，你又有什麼權了？你能做她的丈夫嗎？」

我陡然張大了口，寒風灌進我的口中。要那個年紀的我回答這樣的問題，實在太困難了！

所以，我根本答不上來！

香香媽媽嘆了一聲，她這時的神情，又令我心頭亂跳！我見過的！在那棵「鬼竹」上，現出來的那個女人像就是她！一定就是她！

事情愈來愈離奇古怪了！

還有，那傢伙問我「敢不敢」，顯然是在向我挑戰，我想也沒有想就說「敢」，我是接受了一項什麼樣的挑戰呢？

第六部

大丈夫

雖然我一看到祝香香的媽媽，就覺得她十分親切，可以向她傾訴心中的一切委曲。但是我也不願她把我當作兒童——我早也脱離了兒童的階段，我可以和她展開成年人式的談話，至少，是成熟的態度。

當然，我也必須維持成熟的態度。但是不爭氣得很，由於我心情實在太激動，我的身子，竟然不由自主地發抖！

我深吸了一口氣，頭偏向一邊，人在想表現自己心中的一股傲氣時，就會有這樣的身體語言。

所以，我就看到了那一輪落日。落日已經變得通紅，看來更像一個大火球，可是卻一點也感受不出火的威力，落日的四周全是厚厚的雲層，被落日映出一種含糊不清的紅色，這使我明白到何以這種雲，在文字上被形容成「彤雲」。

而雖然有高高的城牆擋着，呼嘯的北風，仍然像是刺刀一樣，令我全身都被刺刮得疼痛。

由於心情激動，出了一身汗，再給寒風一吹，汗水蒸發時又帶走了熱量，使我更感到寒冷，所以身子的顫抖，也愈來愈劇烈。

我知道自己的樣子一定狠狽之極，真想撒腿就跑，不要有進一步的出醜。而就在這時，兩隻手接上了我的肩頭，同時有把柔和動聽的聲音說：「想不想聽一個真實的故事？」

我轉回頭來，香媽正望着我，我可以毫無疑問地，感到那是友善的目光，而且，也感到她並沒有把我當作小孩子。

我緊抿着嘴，點了點頭。她向城牆指了一指：「牆腳下風小些，不會那麼冷！」

我的身子仍在發抖，可是口中卻自然而然抗聲道：「我不冷！」

香媽現出調皮的神色，揚眉：「那你為什麼發抖？怕聽我要說的故事？」

我聲音更大：「我什麼都不怕！」

她笑了起來：「這句話我倒相信！你勇敢……極勇敢，剛才你的表現，已證明了你的勇敢！」

人沒有不喜歡聽稱讚的，何況她稱讚得如此由衷和誠懇，更使人感到舒坦無比，也自然而然，停止了發抖。我十分得體地道：「謝謝你，我想，人應該勇敢，才能面對人生！」

她點了點頭，先向城牆腳下走去，我也跟了過去，在一塊大石上坐了下來。那裏的風果然小了很多。香媽坐下之後抬頭向天，望着漸漸消退的紅色雲層，我在等她開始講故事，可是她卻道：「天快下雪了！」

我不出聲，只是仔細看着她，愈看，愈覺得她和出現在「鬼竹」之上的那個女人很相像，根本就是同一個人！

（當時，而且在很長的一段歲月中，我都不能想像何以「鬼竹」之上，會出現人像，我甚至不能設想「鬼竹」是什麼東西！）

（自然，我也一有機會，就把我少年時的這段經歷，向人提起——能聽我敘述少年往事的人，自然也都是想像力很豐富的人，他們也像我一樣，無法作解釋，更多的人感嘆：「世上太多奇妙而不可思議的事了！」也有人更傷感：「人類的知識水準，實在還處於極低的程度！」）

如果她再不開口，我就要問她，何以她的樣子會出現在那神奇的「鬼竹」之上了。

她先是低嘆了一聲：「若干年前，兩個熱血青年，也是在這樣的下雪天之前，感到國家有難，需要他們出力，所以他們離開了學校，傚古人投筆從戎，參加了軍隊。這兩個青年人，志趣相投，是真正的好朋友、生死之交。」

她說得相當慢。我從小就性子急，而且也愛表現自己，她這樣開頭，我可以猜想到這「兩個青年」的身分。

所以，我很不客氣地道：「兩個人之中，有一個是香香的父親！」

香媽並沒有驚訝我如何猜得中，她繼續着：「使他們能成為好朋友的起因很有趣——他們的名字相同，姓，又有一半相同，他們在一進中學之後，就在學生名冊上發現有一個和自己的名字百分之八十四相同的同學，這才互相找到了對方自我介紹，一見如故。他們的名字是志強，那是一個很普通的男孩子名字。香香姓祝，你是知道的了——」

她最後這句話，等於承認了我剛才猜中了——我這才知道祝香香的父親叫祝志強，那確然是很普通的名字。而香媽這時的神情，顯然是在說：你能說出另外一個青年姓什麼嗎？

中國人的姓氏那麼多，本來是十分難猜的，可是她早已在話中給了線索：姓名有百分之八十四相同。

三個字組成的姓名，「志強」兩個字相同，佔百分之六十六點六，如果姓有一半相同，合起來，恰好是百分之八十四左右。

我略想了一想，先從部首想起，「祝」字屬於「示」部，我想到的是「祁」、「祖」，也想到了十分冷僻的姓「祥」，然後忽然一個「福」字自我的腦中冒出來，我脱口道：「姓福！」

香媽神情有點駭然：「哪有人姓福的？」

我對答流利：「有，清乾隆時的一個大將軍就叫福康安！」

（這個福康安是傳奇小說中的重要人物，據說是乾隆的私生子，所以許多小說中都有他出現——但直到在金庸小說之中，他才真正被發揚光大。我十分愛看各類小說，所以在潛意識中，對此姓的印象深刻。）

香媽微笑：「福康安是滿洲人。他不姓福，姓富察氏。」

幸好這時天色已迅速黑了下來，我是不是有面紅，她也看不出來。

我一面想，一面拖延時間：「不是姓福，那就是──」

這時，我已經放棄了沿部首去尋找，「祝」字的另一半是「兄」字。本來，要沿這個「兄」字去找出一個姓氏來，不是容易的事！

可是我卻一下子就有了答案，原因自然會在後面說。卻說我當時一下子想到了那另一個青年的姓氏，我不是出聲把那個字叫出，而是陡地跳了起來，張大了口，沒有出聲，伸手指着香媽，神情駭異之至。

香媽一看到我這等神情，點了點頭：「你思路靈敏，想到了！」

我仍然張大了口，任由寒風灌進我的口中。她不理會，自顧自講她的「故事」：「一對好朋友，在戰場上並肩殺敵，槍林彈雨之中，衝鋒陷陣，期間也不知多少次你救了我，我救了你，真正成了生死之交。在戎馬倥傯之中，他們同時成婚，他們的妻子，也同時有孕……」

我聽到這裏，悶哼了一聲，表示我心中不滿。

香媽吸了一口氣：「在他們都成了高級軍官之後，作戰時仍然勇不可擋，終於，其中一個受了重傷，他的好朋友夫婦，和他快臨盆的妻子，懷着無比的悲痛，心如刀割，他反倒比他們看得開，指着兩個孕婦，說：『讓我們的友情延續下去，最好是一男一女，就讓他們結為夫婦！』他的好朋友夫婦一聽，就雙雙跪了下來起誓：『若是一男一女，叫他們成為夫婦！』事情就這樣定了，他含笑而逝，身上共有槍炮造成的傷痕三十多處，被譽為鐵血神勇將軍！」

香媽的聲音聽來很平淡——很多年之後，我才知道巨大的悲哀不在呼天搶地的號哭之中，而正是蘊藏在平淡的語氣之中的。

我靜了好一會，才道：「另一位奮勇作戰，成了赫赫有名的大將軍，而且一直維持着指腹為婚的諾言。這大將軍現在正在本縣作訪問，滿城都有『歡迎況志強將軍蒞臨』的橫額和標語！那個飛揚跋扈，帶着車隊，腰配雙槍的小子，就是況大將軍的兒子！」

香媽點了點：「那個飛揚跋扈的小子，自小在軍隊中長大，不好他的外形那麼討厭，更有百發百中的槍法，他——」

我不耐煩之至，一揮手：「那關我什麼事？和我無關！」

香媽望着我的神情，很是怪異：「和你無關？你那麼快就忘了你和他之間的約定？」

我怔了一怔——是的，我似乎曾答應了那傢伙的一項挑戰，但，挑戰的內容為何？

當那傢伙向我挑戰的時候，由於我無法接受他是祝香香丈夫的事實，根本沒有聽進去，所以這時，我一點也想不起來是什麼形式的挑戰。

香媽先是用疑惑的目光望着我，接着，神色漸漸凝重。我看出情形有點不對，看樣子我闖了一個禍，不過我仍不覺得有什麼大不了。不錯，那傢伙（後來我知道了他的名字是況英豪）是況將軍的兒子，而況將軍統率雄師百萬，官階極高，權傾一時，但那又怎樣，現在畢竟不是帝皇的專制時代了，強權並不代表一切！

（「強權不是一切」是一種可愛之極的情形，可惜的是這種情形，在中國的歷史上少之又少！）

當我想到了這一點的時候，自然而然，又現出了傲然的神情來——後來，香媽說我這種自然流露的神情，充滿了自豪和自信，叫別人很容易感覺得出來，但是也免不了有不知天高地厚的神態，所以後來我盡量少露出這種神態來，只可惜在青年之前，都很難做得到。

香媽的聲音聽來十分鎮定，但可以聽出她是故意的，以免我吃驚太甚，她道：「你答允了和他槍戰。」

我怔了一怔，雙手不禁緊握住了拳，雖然隨着天色迅速黑了下來，寒風更甚，但我感到「轟」地一聲，全身一陣發熱！

我的家族中出了好些人才，也有當了軍人的，但是在故鄉過的，都是平民的生活，像我這樣的一個平民少年，根本就沒有接觸真正槍械的機會，怎麼能和拿槍比拿筷子更早的沉英豪槍戰？

在明知必然失敗的全身發熱感覺中，我苦笑：「我根本不會用槍，最多到時認輸好了！」

香媽緩緩搖頭，我大是生氣：「就算他爸爸是大將軍，也沒有道理不讓人認輸！」

香媽仍然在搖頭：「他向你詳細說了比試的內容，問你敢不敢，你說什麼都敢，香香也聽到你親口答應了的！」

我不禁苦笑，我當時全然沒有聽到沉英豪說了些什麼！

香媽看到我神情猶豫，嘆了一聲：「雖然說大丈夫一言既出，駟馬難追，可是我代你去推辭，總也可以！」

我想大叫：「別去推辭！」但在大叫之前，我把手按在胸口，沉聲問：「比試的內容……是什麼，我當時沒有聽清楚。」

香媽又望了我一會，才相信了我的話，她道出了比試的內容：「每個人，要挑選一個助手，兩個人成為一組。兩個人之中，由誰射擊都可以，射擊的目標，是他的同伴頭上的一隻雞蛋。」

我聽了之後，不禁呆了半晌，香媽補充了一句：「這種比試法，是從威廉泰爾用箭射放在他兒子頭上的蘋果演化而來的。」

我仍然不出聲，香媽的聲音更柔和，可是她的話，聽來簡直殘酷，她道：「假設你能找到一個助手，是由你來射擊，還是你頭上放雞蛋，讓你的助手來射擊？」

我想了一想，已經知道了她的用意，她所說的情形，不論是哪一種，都是拿生命開玩笑，小縣城中，哪有槍法那麼準的人，可以做我的助手！

我首先想到的是，況英豪又上哪兒去找這樣的一個助手去？我揚了揚眉，還沒有把這個問題提出來，香媽已給了我回答，她的回答，簡直令我傷心欲絕！

她道：「香香會成為他的助手——我知道他一定會要求香香做助手，也知道香香會答應！」

我把頭垂得很低，答應了挑戰又退縮，那已然是窩囊之極了，還要看着自己心儀的女孩子，作為對頭人揚威耀武的助手，那會是什麼滋味，連想都不敢想。

看來，我絕望了！是我堅韌的性格，作出了和普通人不一樣的反應，同時，也由於我想到了一個人，使我有了一線希望。

我竟然十分鎮定地問：「比試在什麼時候？」

香媽的神情訝異之極：「今晚，縣政府盛大的歡宴之後——當眾比試。」

我轉過身：「我會準時到！」

香媽沒有叫我停步，再考慮，勸我退出。我迎着寒風，大踏步走了開去。

還記得我的同學之中有一個外號叫「大眼神」的嗎？他有持彈弓射物百發百中的本領。我把他從家中叫出來，把發生的事告訴他。

他聽了之後，嚇得面色發綠，連連搖手：「衛斯理，雖然我們是好朋友，可是我不敢讓你用槍射我頭上的……雞蛋！」

我搖頭：「你來射我頭上的雞蛋！」

大眼神急得哭了出來：「衛斯理，我摸也沒有摸過槍，不行！不行！不行！」

他連說了三聲「不行」，我頓足：「你射彈弓是怎樣瞄準的？」

大眼神止住了哭聲：「不瞞你說，我得過高人的傳授。師父傳授我的秘訣是，只要把意念集中在目標物上，射出的彈丸，就會循着意念，射中目標。」

當時，我對於這種玄妙的「意念瞄準法」，根本聞所未聞，直到好多年之後，武器之中，才有了「激光導向飛彈」，兩者在理論上倒有可以相通之處。

我一字一頓：「那就用你這個方法來射我！」

大眼神急得雙手抱頭，團團亂轉：「稍有差錯，你腦袋就會開花，會一命嗚呼！」

我說得更肯定：「我寧願死在你的槍下，也不願受這樣的屈辱！」

說着，我拖了大眼神就走——到盛宴的所在，有好幾里路，大眼神一路上又要拖又要推，花了不少時間，到這時，恰好是盛宴所在，踏進大廳之前，我聽得況英豪正在學大人那樣大笑：「那姓衛的小子不會來，他不敢來，他也找不到伙伴！」

他的話令我大怒，可是另一個少女清亮的聲音響起：「衛斯理會來，就算找不到伙伴，他一個人也會來！」

祝香香的聲音！

剎那之間，我熱血沸騰，拉着大眼神，昂胸挺首，大踏步走了進去。

一進去，燈火通明，也不知道有多少人，只見正中一張桌子，坐着幾個很威武的人，祝香香、況英豪也在，還有兩個是我的長輩。在這種情形下，若說不緊張，那簡直是反常，可是在我身邊的大眼神，卻也直起了身子，面色蒼白之極，但神情堅毅非常。

所有的人，見了我們兩個，都靜了下來，一個威武莊嚴的中年人（他穿便服，但我相信他就是況大將軍）問：「兩個小伙子，練習過射擊？」

我應聲道：「我沒見過真槍！」

況大將軍轉向大眼神，大眼神不等發問就道：「我只射過彈弓！」

大廳中的轟笑聲，像是可以叫我們沒頂的洪水。但嘲笑歸嘲笑，在我們的堅持下，比試還是進行。況英豪的伙伴果然是祝香香。

當我和香香在頭上各放了一個小圈，圈上又放上了一隻雞蛋之後，幾百人都靜了下來。祝英豪拿着兩支槍過來請大眼神先選，大眼神隨便揀了一支。

距離是十公尺，況大將軍擲杯為號，兩支槍由於同時發射，只有一下槍響。

槍聲過後，我只覺得黏稠稠的液體，流了個滿頭滿臉，當時，真以為是蛋和腦漿，但當然只是蛋白和蛋黃！

大眼神成功了，我用手一抹，看到對面的祝香香，也是一頭一臉的蛋白蛋黃！

大廳中的喝彩聲、掌聲，歷久不絕。況大將軍站起來，看得出他神情激動之極，掌聲稍停，他就朗聲道：「各位，大丈夫當如此也！」

他說的時候，伸手指着我和緊貼我站着的大眼神，我已定下神來，給他的回答是：「不敢，但是大丈夫三個條件之一，威武不能屈，倒是可以做得到！」

說時，我望向況英豪，他向我鼓掌，掌聲比所有人都響亮。

第七部

俘虜

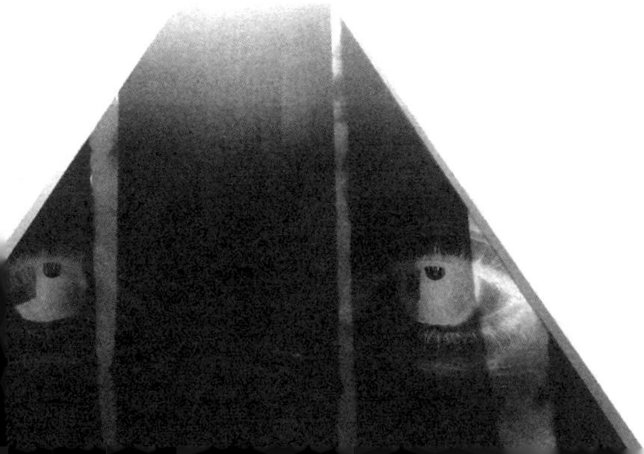

正合上了「不打不成相識」這句話，我和況英豪這個將門之子，由一場「武比」，成了好友。這個人，雖然行動言談之中，總不免給人以「飛揚跋扈」之感，氣焰很大，但他並不是壞人，而是在他這種前呼後擁的環境中長大的少年人難免的習氣。只要多一些人不被他那種氣勢所懾服，不必多久，他就會知道自己的這種習氣不受歡迎，自然就會改過來。壞的是一些人只知道阿諛奉迎，助長他的氣焰，那才糟糕。

當晚，他用響亮的鼓掌聲，表示了他對我的勇氣和大眼神的槍法的敬佩。

在掌聲中，我胡亂抹拭着臉上頭上的蛋白蛋黃。雖然我氣宇軒昂地和況大將軍對答，贏得了一陣掌聲，但是被大眼神拉着一步一步地走離大廳，出了大廳之後，兩個人不約而同，拔腳就奔，一直奔到氣喘如牛，胸口痛得要炸了開來一樣，仍然不肯停，直到雙雙撲倒在地。

我們全身是汗，寒風吹上來，汗水蒸發，使身體所受寒冷的威脅更甚。所以上下兩排牙齒相叩，「得得」之聲不絕。我們互相緊握着手，直到這時，我才感到害怕——人皆有恐懼之心，當時豁了出去，事情過去了之後，想起當時的情景，才知道那是多麼危險！

我掙扎着向大眼神道謝，說出來的話，斷斷續續，含糊不清。大眼神知道我想說什麼，他也喘着氣：「別再叫我來一次……我再也……不敢了！」

我手按在地上，站了起來，豪意又生：「不必怕，再來十次，你也可以做得到！」

大眼神睜大了眼，雖然他一臉驚恐，可是他雙眼卻炯炯有神，正因為我的鼓勵，而產生了自信！

我們又緊緊地握手，他忽然指着我的臉，一面喘氣，一面笑了起來，我知道自己的頭上臉上都沾滿了蛋白蛋黃，樣子滑稽，而且，寒風吹上來，也極不舒服。

我又伸手在臉上抹了幾下，就在這時，一陣摩托車聲傳來。我向大眼神的背上拍了一下，兩人立時挺身而立。兩輛摩托車疾駛而至，祝香香在前，況英豪在後，看到了我們，兩人都發出了一聲歡呼，跳下車來，祝香香自車上取下了一個大包裹來，到了我面前，解開來，裏面竟是一盆還冒着熱氣的水，還有雪白的毛巾。

況英豪走了過來，伸手向我的肩頭便拍——我心念電轉之間，並沒有任何的閃避動作，坦然受之，他一面拍一面道：「洗乾淨了臉再説！」

祝香香端着盆，我也不必客氣，就痛快地洗了頭和臉，抹乾淨，祝香香倒了水，站在況英豪的身邊。

雖然我完全無法接受他們是丈夫和妻子這個「事實」，但是也至少可以感到，他們之間，有着自小一起長大的那種感情。

我先向他們道謝，又正式介紹大眼神給他們認識。

況英豪對大眼神佩服之極，又不相信他未曾練過射擊，等到聽了大眼神關於瞄準的理論後，他更是讚歎連聲，欲語又止。

大眼神看穿了他的心意：「這種意念瞄準法，人人都可以做得到的！」

況英豪吸了一口氣，連連點頭。我埋怨祝香香：「你應該知道我們沒有碰過槍，我還以為你會在最後關頭阻止大眼神！」

祝香香現出苦澀的神情：「誰知道他會來真的？所有人都以為他會不敢開

槍，或是隨便向天開一槍就算數，誰知他——」

祝香香向大眼神看去，大眼神一挺胸：「我如果不來真的，衛斯理會殺了我！」

我急了起來：「我哪有這麼兇，但是無情的打擊，必然會改變我今後的一生，倒是真的！」

少年時期的一次挫敗，到成年之後，回過頭來看，可能微不足道，但當時，一定會受到極大的打擊，很有可能，會影響一生！

我那時，這樣一說，令得四個少年人之間的氣氛，變得十分嚴肅，一時之間，誰也不出聲，我相信在這幾分鐘的沉默之中，每個人都思索了不少問題。

最先打破沉默的是大眼神，這位剛才在眾目睽睽之下，燈火通明之中，勇往直前，義無反顧，為朋友而冒險——他要是一槍把我打死了，很難想像他以後的日子怎麼過！可是這時他一開口，聲音卻十分膽怯：「我晚回家了！父母會罵！」

況英豪和我想取笑他，但祝香香卻搶着道：「好，我送你回去！」

她說着，就把大眼神拉到了一輛摩托車前，先指點大眼神坐在後座，她也跨了上去，向我和況英豪一揮手，就駕車駛開去了。

我和況英豪對她的這個行動，都感到愕然，況英豪更明顯地表示憤怒，衝前幾步，一腳踢在那隻臉盆上，發出了「噹啷」一聲響，臉盆飛上了天，又落了下來，再發出了一下聲響。

我走向他，用十分誠懇的聲音說：「指腹為婚這種事，是作不得準的。」況英豪轉過身來，盯着我看了一會，開始的時候，氣勢很兇，但後來，卻變得很無可奈何：「我……喜歡她，從不懂事時，就喜歡她！」

他這樣說，是表示他如今已經「很懂事」了，我只是淡然一笑，他走向摩托車，向我作了一個手勢，示意可以讓我駕駛。

況英豪一揚眉：「沒什麼難的，只是初學的人，需要一點臂力來平衡，你可以做得到。」

我吸了一口氣，走向摩托車，跨了上去，他坐在我的後面，告訴了我一些基本要做的事。

這一次第一次駕駛摩托車，對我的影響極大，後來，我上天下地，不懼怕任何新鮮的事物，敢嘗試一切自己不知道的東西，都源於這次經歷——看來深不可測的東西，可以在幾分鐘之內，就變成被馴服的工具，可以載着我在路上風馳電掣。

寒風撲面，雖然陣陣刺痛，但是那種快意豪情，卻是畢生難忘的經歷。

在疾駛中，眼看前面，有一道溝，阻住了去路，況英豪在我身後叫：「用力提起前輪，跳過去！」

那溝的寬度超過兩公尺，我還未及考慮，就已非照況英豪的話去做不可了，一提前輪，車子彈了起來，簡直就是騰雲駕霧，飛過了那道溝壑。

我畢竟是第一次駕駛摩托車，在車子飛起而過，落地之時，我就不知道如何控制才好了，以至車才落地，一下反彈，就側向一邊。

況英豪大叫一聲：「鬆手，打滾！」

就算他不叫，我也會這樣做，鬆手，滾開去，看到況英豪也和我同一方向滾了出來，車子還發出咆哮聲，在地上打着轉。

我和況英豪站了起來，都立即發現對方沒受傷，兩人都不約而同，「哈哈」大笑。

那時候，我心中興奮莫名，正準備過去扶起車子來，突然之間，眼前陡地一黑，變得什麼也看不到！

這一下變化，當真突發之極，我首先想到的竟然是：會不會是我受了極重的內傷，已經傷重死亡，到了陰曹地府，所以才會這樣？

正因為有這樣的想法，所以當我聽到況英豪的聲音在問「衛斯理，發生了什麼事？」之際，竟以為他也和我一樣：死了！

由於人生閱歷的深淺不同，所以在變故陡生時，所作出的反應也不一樣，有的處變不驚，有的驚惶失措。像我那時，忽然之間，眼前一片漆黑，什麼也看不見，根據我當時的生活經歷，自然無法判斷發生了什麼事，我首先想到的是：我死了！

接着，我聽到了況英豪在發問，聲音熱切，我就以為他也死了。

那時，對生死的變化，所知不多，矇矇矓矓，全從看書和聽大人講的各種傳說之中，得到一些概念。奇怪的是，當時我確然相信自己和況英豪已死，可是卻一點也沒有恐懼、痛苦、傷心或悲哀之感，相反地，心中還前所未有的平靜，想到的是：啊，我死在這裏，這樣死法，太短命了，甚至還未成年，可是不要緊，人人都會死的。這樣就是一生了，剛才不死在槍下，現在竟然死於車子翻側！

胡亂地想着，我又聽到了況英豪的第二次發問聲，我向着聲音傳來的方向叫：「你別害怕，我們已經死了！」

況英豪的反應，強烈之極，他發出了一下怪叫聲：「什麼？死了？胡說，放屁……」

他罵了我十七八句，忽然又叫了好幾下，才又道：「不……我不要死！不要死！」

想不到他對於「死」會和我的想法完全不同，我心中想，就算你的父親是大將軍，也改變不了這個事實，連皇帝都要死，只有神仙才不會死，可是誰又見過神仙？

況英豪愈叫愈是淒厲，他又叫：「我怎麼……這就死了，我還沒活夠，我連香香的嘴都沒有親過，我不要死！」

他最後這四個字，簡直是嗥叫出來的，淒厲無比，聽了叫人極不舒服。可是他的話，卻使我想起，我是親吻過香香的，而且還是那麼難分難捨，那麼纏綿的親吻——這是不是我覺得死亡並不可怕的原因？

我想勸他不要慘叫，在說話之前，揮動了一下手，打中了我的側身，不但有聲音發出來，而且還感到了痛楚！

雖然，沒有人知道人死了之後是怎麼一個情形（死人不會說話，不能把死後的情形告訴他人），但是在許多傳說之中，卻也有了一種「約定俗成」，大家都加以接受的假設。這些假設，大都是似是而非，可是這時用來作為確定我是否死亡的標準，卻也大有用處。

我立即想到的是：我還有身體——沒有身體，不會有聲音，不會有痛楚，如果是鬼魂，就不會有身體，這可以說明，我沒有死！

一想到了這一點，我就大聲呼叫：「喂，我們不一定死了，不知發生了什麼事，不信，你打自己兩下看看，就可以證明！」

我以為我一叫，況英豪一定會有反應，誰知道連叫了三遍，眼前漆黑，而且，什麼聲音也聽不到！

這一來，我不禁大是駭然，深吸了一口氣，還想大叫，眼前忽現光景——我看到了況英豪，或者說，我看到了況英豪的一幅畫像。

要比較詳細一些說我看到的情景。因為那是我一生之中，第一次匪夷所思的經歷，所以印象特別深刻。

首先映入眼簾的，是一幅慘白色的光景，那時，實在無法形容，而我在後來，第一次看到了電視機的時候，我指着熒光屏，就立刻聯想起那時看到的光景來。

而況英豪就在那幅光景中，只看得到他的上半身，他瞪大了眼，張大了口，神情驚恐之至。天氣多麼冷，但是我清楚可以看到他的額頭在滲汗，可知他正處於極度的驚恐之中。

我叫他，他沒有反應，我依稀覺得，他的那種情形，和香香媽媽的肖像出現在「鬼竹」上的情形，十分類似，那是幅維妙維肖的畫像。

可是，畫像卻開始活動了！

他的神情變得更驚恐，不斷地在搖頭搖手，一看就知道他正在否認着什麼。可是我聽不到任何聲音，既聽不到有人在逼問他，也聽不到他在否認什麼。

這情形詭異之極，我不以為我跌進了一個噩夢之中，反倒更多認為他死了之後，正在接受閻王判官審問，牛頭馬面的拷問！

四周圍一片黑暗，莫非我和他已經身陷地獄，那又為什麼沒有惡鬼來拷問我？

在驚駭的情形下，思緒極其紊亂，我覺得他在不斷重複說着幾句相同的話，陡然之間，我竟然知道了他在說什麼！

他說得最多的是「我不知道」，在我一有這種感覺時，我就看到了他連說了三四遍！

是的，我看到他說話——說穿了一點也不神秘，同學之間，各種各樣的玩意很多，花樣百出。在語言上，為了突出，幾個要好的同學，自創一種「密語」，練習純熟之後在眾人面前，用密語大聲交談，使旁聽者瞠目結舌，這就有趣之極。

也有時，練成了看唇語的功夫——從對方唇形的變化之中，雖然對方沒發出聲音，也可以知道他在講些什麼——我的唇語基礎，就是在那時打下來的。後來，在冒險生活之中，少年時的基本訓練，曾在許多場合下，起過化險為夷的作用。

這時，我定下神來，又看到況英豪在說：「我不知道，不知道這個東西在哪裏！那是什麼？看來像是一根……子。那是什麼人，我不認識，他的名字是王天彬？也沒聽說過？」

在「根」字和「子」字之間的那一個字，我看得不是很清楚，像是「豬」字，也可能是其他的同音字。而那個名字「王天彬」，自然也可能是其他的同音字。

這使我肯定了一點，他是在接受盤問——有人拿一樣東西給他看，他卻不認得那是什麼，而盤問他的人，多半還要他講出那東西在什麼地方，他自然更說不出來了！

我看不見有什麼人在向他盤問，在這期間，我也曾大聲叫他，可是他顯然聽不到。

我只看到他又在叫：「你們是敵軍？我雖然不是正式軍人，可是我成為俘虜，要有俘虜應有的待遇！」

他把那兩句話，連說了兩遍，所以我可以肯定，他是這麼說的。

這令我駭然欲絕，我想向他衝去，可是不論我如何努力，都無法達到目的，那時我的情形，完完全全像是置身於噩夢之中！

我雙手亂舞，雙腳亂踢，大聲叫喚，一面還盡可能看他在叫什麼。

我看到他在叫：「我不跟你走！哪裏我都不去，我不知道你們在問我什麼，你們要把我帶到哪裏去——」

當他這樣叫的時候，神情驚恐之極，我忽然看到他拔出了手槍來，向前發射，可是聽不見聲音，同時，那灰白的光幕在變暗，他的形象也模糊了。

直到他消失之前，我看到的他說的一句話是「我不會屈服！」

然後，眼前一黑，又什麼也看不見了，同時，我感到極度的昏眩，身子不由自主軟倒。

等到我再有知覺時，我只聽得人聲鼎沸，許多道強光，照在我的身上。我心想，輪到鬼卒來拷問我了。可是在嘈雜的人聲中，我卻聽到了祝香香熟悉的聲音，我陡然睜開眼來，看到眾多軍人，拿着強力電筒照射着，我躺在一個擔架上，祝香香正在擔架之旁。

我才一坐起身，不少軍官來到我的身邊，雖然七嘴八舌，但問的是同一個問題：「況英豪哪裏去了？」

況英豪不在了！他不是死了：死了，屍體還在；現在，他不見了！

我喉嚨像是有火在燒一樣，啞着聲，我回答了他們的問題：「他……被人帶走了，成了俘虜！」

這是我當時能作出的最好回答了！

第八部

天兵天將

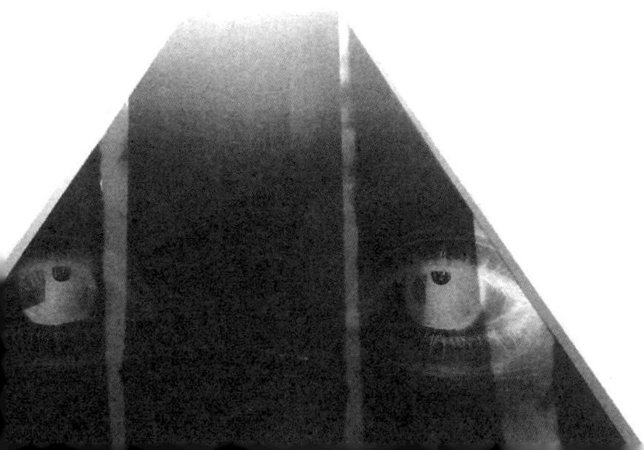

這件事，是我一生之中第一次接觸的，不是實用科學能解釋的事件。我魂牽夢繫，和祝香香初吻，在「鬼竹」之上忽然出現了極美麗的倩影，以及還未曾記述出來的另一些事，與這件事相比較，是小巫見大巫。

而且，在這件事之後，我和同類的怪事，好像是結了不解之緣一樣，雖說是一有機會就會讓我遇上，就算事情和我無關，發生在幾萬里之外的事，也會兜兜轉轉，轉到我的身上來，變成是我的事。

能遇到那麼多「怪事」，一來是由於我生來性格好事，對一些不明白的事，非要尋根究柢不可。二來，這件事中得到的一個解釋，也是原因之一，是什麼解釋，誰作出的解釋，請看下去。

好了，所謂「這件事」，是在城外開始的，我和況英豪相處，沒有多久，就意氣相投，成為好朋友——少年人沒有機心，熱情迸發，人和人之間的關係，可以迅速拉近，不像成年人那樣，諸多顧忌。像「白首相知猶按劍」這種情形，可以肯定，決非少年時就結交的肝膽相照的終身知己。

況英豪忽然失蹤，而我又看到他像是在接受盤問，成了俘虜，由於他的身分特殊，是況大將軍的兒子，這就成了一件極嚴重的事。

當時，我並沒有在擔架上繼續躺下去，掙扎着站了起來，立時被一輛軍車載走，祝香香和我在一起，她一直用她柔情似水的大眼睛望着我，在她的眼中，我感到了焦慮、關切和疑惑。這一雙大眼睛看得我心煩意亂。她並沒有問什麼，事實上，就算問，我也不知如何回答才好。

我在她的眼神中，看到了她對況英豪的關懷，少年的我，那時思緒非常雜亂，可是都一直環繞一個問題在打轉——要是失蹤的是我，她會不會也現出這般關懷的眼神？

軍車在火車站停下，縣城的火車站，建築簡陋，我和祝香香，在一個軍官的帶領之下，走向幾節列車。

那幾節列車，燈火通明，列車四周，全是軍人，有的在站崗，有的在奔來奔去，有不少軍官騎着摩托車在來回疾駛，聲響震耳。

列車大約有七八節，我們才一走近，就看到中間的一節之中，車窗打開，一個美婦人探頭出來，向我們揮手，正是香媽。

一路前來時，我心中十分不安，而這時，一看到香媽，就有一種難以形容的安全感，我連忙揮手，不知道為了什麼，心中想的是：「有她在，天大的事，也不成問題。」

進入了那節車廂，我就吃了一驚，因為那不是普通的車廂，而是況大將軍的臨時指揮所。況將軍正站在一幅地圖前，有兩個軍官在向他報告。

那兩個軍官指着地圖，一個道：「最近的敵軍離我們也有兩百多里，不可能是他們的活動！」

另一個道：「也沒有發現小型突擊隊的報告！」

況將軍濃眉緊皺，向離他很近的一個高級軍官道：「敵軍也不至於做這樣的卑鄙之事，歷史上沒有抓了將軍的兒子去，就可以逼將軍投降的事！」

我知道，他們正在研究況英豪失蹤的事，所以突然叫了一句：「他不是被人抓去的！」

我一開口，人人的視線都投向我，車廂中的人可真不少，有五六個高級軍官、香媽、縣府的官員、還有我的一個堂叔——那年輕的堂叔對我最好，這時正在作手勢，要我放心。

況將軍望着我：「好，小朋友，當時你和他在一起，把經過情形說說——愈詳細愈好！」

他一面說，一面向我招手，我就向他走過去。到了他的身前，他的神情雖然焦急，但卻盡量緩和地問：「剛才你說他不是被人抓走的，那麼，他是被誰弄走的？」

在這樣的情形下，實在不容得我仔細想，不容我詳細說出我心中的想法，我只好用我當時的知識和想像力，作出最簡單的回答，所以我衝口而出的是：「天兵天將！」

這四個字一出口，在車廂之中，引起了十分強烈的反應。好幾個人齊聲說：「胡說八道！」

況將軍眉皺得更緊，也是一副不以為然的神情。我那堂叔立即朗聲道：「這孩子，什麼怪事都會做，可從來不說謊！」

堂叔並不說我「不胡說八道」，只是說我「不說謊」，他的意思是，就算我是胡說八道，也必然是我心中必然如此想，才如此說的。這位堂叔知我甚深，可以說是我最早的知己，他比我大不了多少。後來，有一些事發生在他的身上，很值得記述，可惜很有點顧忌，只好看以後有沒有這個機緣了。

祝香香在這時，低聲叫了我一聲，我向她望去，也在她那裏，接受到了鼓勵的信息。

況將軍沉聲問：「此話怎說？」

老實說，以我當時的知識而論，實在不足以支持我豐富的想像力——想像力不是憑空產生，而是在知識的基礎上產生的。我只是有一個曚曚矓矓的概念，覺得在人的力量之外，另有一種特異的力量存在，至於那是什麼力量，我就說不上來了，只好籠統稱之為「天兵天將」——我這四個字的回答，就是根據這樣的思路產生的。

我和將軍對望，心中坦然，並不畏懼，據實回答：「我說不上來！」

這個回答，又惹了幾下斥責聲。我對這些人不問情由，就自以為是，十分反感，況將軍的地位都比他們高，可是況將軍的態度就比他們好。所以我一轉身，向一個責斥得最大聲的官員道：「如果你認為我胡說八道，那麼我可以不說，讓你來說如何？」

那個官員的神情，變得難看之極，他以為少年人好欺負，揚起手，衝過來想打我，況將軍和我堂叔齊聲喝止，我昂然而立，一副鄙夷之色，令他的手揚在半空，放不下來，尷尬無比，這使我感到一陣快意，我轉向況將軍：「我把事情的經過，從頭說一遍。」

況將軍沉聲道：「好，請說！」

於是，我把事情從頭說一遍，當說到了我在黑暗之中看到了況英豪在一個灰白色的光幕之中時，各人都現出不解的神情，我反覆形容。一個高級軍官發出了一下驚呼聲：「將軍，這少年形容的情形，像是一種十分先進的影像傳播技術！」

這位高級軍官曾負笈美國維吉尼亞軍事學校，見識廣博，他在這樣說了之後，又講了一個英文字。當時，怕只有他一個人才懂，而這個英文字，如今三歲孩兒一聽就懂，這個字是：Television——電視！

況將軍想了一想，示意我再說下去。我在講到「唇語」部分的時候，又請幾個人示範，不發出聲音來說話，我都能正確無誤地說出他們在說什麼。

當我說到況英豪在接受盤問的時候，說得更詳細。況英豪曾提及一個人名：王天彬（或同音的三個字），我也說了出來。

絕想不到的是，這個名字一出口，況將軍和香媽，陡然失聲驚叫，香媽的神情，更是複雜到難以形容！

自況英豪口唇的動作中看出來的這個名字，對我來說，一點意義也沒有。而且，唇語有一個缺點，就是在涉及專有名詞的時候，會有不同的同音字可供選擇。我說出了「王天彬」這個名字，本來坐着的香媽，霍然起立，在她美麗的臉龐上，有難以形容的複雜感情的顯露。在況將軍的一下低呼聲中，他問：「你聽清楚了？是哪三個字？」

我吸了一口氣，把當時看到的，況英豪的口唇動作放慢，而不發出聲音來。

剎那間，只見況將軍滿面怒容，重重一拳，打在他身邊的桌子上，況將軍不怒而威，這一發怒，車廂之中，頓時鴉雀無聲。

我在這種情形下，也好一會不敢出聲，只見況將軍的神情愈來愈憤怒，陡然拔出了腰間的佩槍，向天便射，一口氣把子彈全都射完，子彈穿過車廂頂，呼嘯而出，他怒吼一聲：「這雜種，別落在我的手裏！」

他着說，竟然望向香媽，目光凌厲之極！

當我一說到這個人的名字時，況將軍和香媽一起有反應，但由於後來，況將軍勃然大怒，吸引了所有人的注意，就沒有人再去注意香媽了。香媽咬着下唇，淚花亂轉，神情又驚又怒，又是委曲，看了令人知道她的處境十分困苦，同情之心，油然而生！

從況將軍的反應來看，他和那個人，可能有不共戴天之仇！

但令人難明的是，那和香媽有什麼關係呢？何以他要用那麼凌厲的目光，望向香媽？

我一見這等情形，立時身形一閃，擋在況將軍和香媽之間——這是我天生的脾性，說得好聽是「路見不平拔刀相助」，說得難聽些，是好管閒事。總之，我認為應該做的事，我都會毫不考慮前因後果，立刻去做。

我剛一站起，身邊已多了一人，正是祝香香，她也感到況將軍的目光太凌厲，所以挺身而出，保護她的母親。她不但有行動，而且有話說！

可是，她說的話，我聽了卻莫名其妙！

她的神情和聲音都相當激動：「況伯伯，我媽媽再也沒有見過那個人——」

況將軍怒道：「那雜種，不是人！」

祝香香沒有理會，逕自道：「是我，最近知道了他的行蹤，設法見過他一次！」

香媽在這時候，尖聲叫了起來——我再也想不到，如此體態優雅的一個美婦人，也會發出那麼刺耳的聲音，她叫道：「香香，你——」

祝香香回頭向她母親望了一眼：「媽你別怪我，我沒告訴你！」

況將軍仍在盛怒之中：「你見了那雜種，可有殺了他？」

祝香香嘩了一聲：「他一見我，就大叫一聲，我也想不到他是那樣子的，也叫了一聲，接着，他轉身就奔，我也轉身就奔，就那麼一面，以後再也沒有見過了！」

這時，祝香香說了她和「那個人」見面的經過，我不禁傻了！

這情景，何等熟悉！因為我也在場！

祝香香要我帶她去見我的師父，我帶她去，她和我的師父，就是一見面就各自大叫了一聲，向相反的方向疾奔而出的，我當時追祝香香，一直到了一棵大樹下才遇上——那時我明知事有蹺蹊，可是祝香香什麼也不肯說！

這時，再明白不過，令況將軍大怒的那人，除了是我自那天起就失蹤的師父之外，不可能是第二個人！

我也早已料到師父和香媽之間一定有什麼糾紛，因為在「鬼竹」上曾出現香媽的影像，現在，自然也證實了！

祝香香在說完之後，向我望來，我立時略點了點頭，表示明白她說的是怎麼一回事。

況將軍來回踱了幾步，才對那些自他發怒以來一直呆若木雞的人揮了揮手：「你們先退下去！」

各人連忙離開車廂，一個高級軍官在門上略停了一下：「將軍，我會派人作地毯式搜尋！」

況將軍吸了一口氣：「別太驚擾老百姓，去找劉老大，他在城裏有勢力，不要太張揚！」

那高級軍官答應着，走了出去，我覺得走也不是，留也不是，向車廂門走了一步，香媽已向我招手，問：「孩子，剛才你說什麼天兵天將，是暗示那個人的名字？」

我呆了一呆，在況英豪的唇形上，我認出那個名字是「王天彬」，如今香媽這樣問我，莫非那人的名字是「天兵」？在中國北方語系之中，「彬」、「兵」這兩個字是同音。同時我也陡地想起，還有一個字，我不能肯定是不是「豬」，那一定是「竹」字，這兩個字，北方話也是同音的！

剎那之間，我豁然開朗，況英豪接受盤問，是被問及我的師父，和那盆竹子——「鬼竹」！

我思緒雖亂，但還是及時回答了香媽的問題：「不，我說天兵天將的意思，就是天兵天將！」

香媽喃喃地道：「只是巧合——」她望向況將軍：「英豪失蹤一事，應該和他無關！」

我舉起手來，況將軍向我指了一下，讓我發言，我道：「和香香見了面就走的那個人，是我的授業師父，我也不知道他的名字，他是怎麼來的，只覺他神秘之極！」

說到這裏，我膽子一大，向香媽指了一下：「我還知道，香香媽媽，可能是他的夢中情人！」

這話一出口，香媽俏臉煞白，祝香香大有嗔意，況將軍卻長嘆了一聲，過了好一會，將軍才道：「你倒知道得不少，是他對你說的？」

我搖頭：「不是。」接着，我就將「鬼竹」的事，說了一遍，聽得況將軍目瞪口呆。他到了門口，叫了一聲，我堂叔和那高級軍官，又回到了車廂，他要我再說一遍，況將軍先問堂叔：「那『鬼竹』是你弄來的？」

堂叔苦笑：「是，我也不知道怎麼會有這種怪現象發生，太不可思議了！」

那高級軍官叫了起來：「那根本不是竹子，是一具儀器！一具可以接收腦電波的儀器，接收了腦電波之後，還原現出腦電波所想的影像來，那是一具不可思議的儀器！」

各位，在若干年之後，這種話，我自己也可以朗朗上口，可是當時，卻是第一次聽到，也根本不能全懂，但是在感覺上卻是奇妙之極，我感到通過了這一番我並不是很懂的話，陡然之間，進入了一個神奇無匹、廣闊無比的新天地！

而我將在這個奇妙的天地之中馳騁、探索，去了解宇宙的奧秘！

多少年之後，一想起當時的情景，我仍然會有那種陡然破繭而出的感覺，覺得再也沒有什麼可以在思想上束縛我！日後，我的日子，正是在這種情形下度過的。

況將軍沉聲問：「那是什麼意思？什麼人發明了這樣的東西？」

那高級軍官一字一頓，手向上指：「天兵天將！」

我模糊的概念，一下子就清晰了，那是來自天上的神秘力量！

第九部

開竅

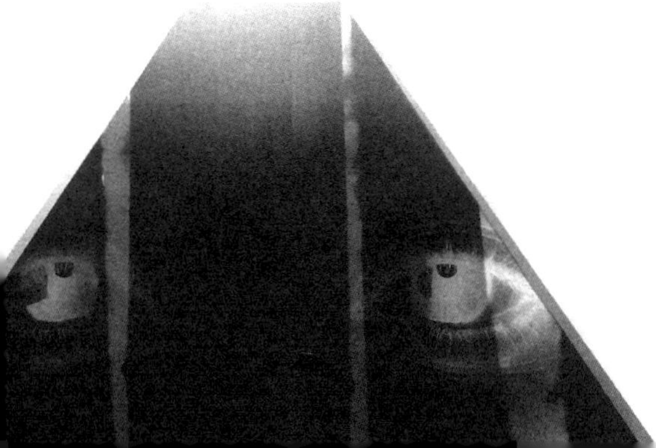

在那節改裝成指揮所的列車車廂內，我度過了一生之中最重要的時刻，在生命歷程中，人人都有機會有這種時刻。簡單地來說，可以稱之為「開竅」——忽然之間明白了，而又不是對什麼都明白，只是明白了事情原來是可以那樣子的！

明白了這個大方向，就等於陡然之間，眼前出現了一條道路，儘管這條道路上還會有不少障礙，但都不成問題，只要知道，邁開步子，肯定有路可走。

這對一個少年人來說，實在太重要了！

在這之前，我只以為在「鬼竹」上出現的這種怪現象，是鬼神莫測之物，不可解釋的，可是現在我知道，那是一種腦部活動所造成的必然結果，那不是什麼竹子，是一具儀器，那一片竹葉，多半是接收天線，或同類的裝置。

眼界一下子擴大了無數倍，我興奮得難以自主，自然而然，全身發熱，雙手緊握着拳，手心直冒汗。

這一切，全是發生在我思想上的變化，別人當然難以覺察，我只注意到了祝香香望向我的眼神，有點異樣，莫非她竟能看透我內心深處的喜悅和興奮？

我這時，真想立刻向她傾訴我的全部感受，但是那顯然不是少年人互訴心情的好時間和好環境，因為有許多重大的問題，都沒有解決。

最重大的問題，自然是況英豪失蹤，落在什麼人的手中都不知道。其次，是忽然又冒出了一個王天兵來，惹得況將軍大發雷霆，而我又說出了「鬼竹」那件事，證明了香媽是我的師父王天兵的魂牽夢繫的夢中情人。

看來，要解決的事太多，我不能在這時就向祝香香訴說衷情，所以，我只是向她使了一個眼色，示意我有許多許多話，要對她說。

祝香香眨了眨眼，眼光先掃向她母親，又再向我望來，口唇略動，沒有發出聲音，但我已看到她說的是：「你闖禍了。」而且，從她先前的眼色看來，她說的是，我有關師父和她母親的話，闖了禍了。

我轉過頭去，現出不以為然的神情，那是我倔強性格的表現：我不管闖不闖禍，是事實，是該說的，我還是要說。

看來，在場成年人的探索重點，不是如何尋找況英豪，而是對我師父王天兵更有興趣。

那高級軍官說出了他對「鬼竹」的見解之後，在車廂中的人，除了他自己之外，大抵都和我一樣，只有一個模糊的印象。他的話，對我這個少年人來說，大有啟蒙開竅的作用，對成年人會有什麼樣的作用，不得而知。他大概也明白這一點，所以當時將軍問他，是什麼人有了這種發明，有這種力量時，他也只好認同了我的說法：「天兵天將！」

天兵天將，是傳統的說法，而他的話，給予我極大的啟發，使我聯想到，那是來自天上的神奇力量！

（那位高級軍官後來對我的影響，還不止此，他可以說是我接觸現代觀點的第一人，我在記述往事的時候，好幾次都忍不住想把他的名字寫出來，可是由於種種原因，還是不能寫。自然，我可以隨便揑造一個名字，但是由於他是我最尊敬的人，所以又不想那麼做，也就一直只好稱他為「那位高級軍官」了。）

況大將軍對那高級軍官的說法，顯然不是很滿意，用淩厲的目光，直視着他。那高級軍官想了一會，才解釋：「西方國家正在研究，也有迹象和若干證據，顯示有外星生物，正在降臨地球，或已經降臨地球的現象——」

他說到這裏，向我望來：「這位小朋友所說的天兵天將，我相信就是指這種現象而言。」

我和他的目光接觸，感到了他對我的器重，我也自然而然，對他生出了無比的崇敬之意。

況將軍呆了一呆，陡然「哈哈」大笑了起來，伸手指着那高級軍官——他雖然在笑，可是伸出來的手，卻也不免微微發顫。

有這樣的情形，發生在一個手握兵符、浴血沙場的大將軍身上，那更令人駭然，因為這證明，將軍的內心深處，也感到害怕！確然，外星的高等生物，多麼陌生，也多麼不可測，這就足以令人心生恐懼，連將軍也不能例外！

況將軍的聲音，勉力鎮定：「就算有這種事，那和英豪有什麼關係？難道說英豪……是被外星高級生物……擄走了的？」

況將軍的責問，十分嚴厲，那高級軍官又向我一指，侃然道：「我相信這位小朋友所說的一切經過，初步的分析，也只有那樣的結論——我會把這一切資料，提供給我在美國從事這方面研究的朋友，但是那種研究，都只是起步，只怕沒有什麼人可以作出肯定的結論！」

況將軍來回踱步，他的步子十分沉重，令整節車廂也為之晃動。他忽然停步，又指向我的堂叔：「那鬼……東西，你是怎麼弄來的？」

他說的「鬼東西」，自然是指那會現出人像來的「鬼竹」而言。我堂叔揚了揚眉：「我知道王師父心中有一個人——他在酒後向我透露過，又在湘西聽到了有神奇『鬼竹』的傳說，恰好山中有人來兜售，沒人相信，賣不出去，給我遇上了，就弄了來給王師父。」

堂叔說到這裏，略頓了一頓：「王師父是一位奇人，也是我請他來的，可是我只知道他姓王，他是什麼來歷，我全然不知，更不知道他在江湖上有什麼恩怨。他武術造詣又高，不可思議，以前，我只是在傳說中，才知道有這樣的奇人！」

在我堂叔說話的時候，我看到香媽好幾次口唇顫動，欲語又止，顯然是她想問什麼而沒有問出來。這更使我相信，香媽和王師父之間，一定有某種程度的糾纏，只是我不明白那和況大將軍又有什麼關係。

況將軍面色陰沉，又向那高級軍官望去。那高級軍官堅持他的看法：「那東西……人類做不出來，人類可以對着一個人，把他用攝影術記錄下來，呈現在眼前，絕對無法通過意念，而使一個人的影像，出現在眼前！」

況將軍道：「可是，那東西是山裏人拿出來賣的！」

那高級軍官想了一下，還沒有回答，而在他的影響之下，開了竅的我，思潮洶湧，已有了各種各樣的想法，所以立時接口道：「那也不出奇，外星生物有意或無意地把這東西留在深山，叫山裏人發現了，又偶然發現它有奇妙的顯像作用！我相信這東西一定不止一個，不然，不會形成一種傳説！」

各位，這一番話一出口，衛斯理算是正式踏進了恣肆汪洋、無邊無岸的幻想領域，踏進了豐盛無比的冒險生活的殿堂，一生日後的種種奇遇，都從這一步開始！

況將軍有點愕然地望着我：「這位小朋友的想像力可豐富，很會夢想。」

我正在想將軍的話是在稱讚我還是諷刺我，那位高級軍官接口道：「大發明家愛迪生若不是夢想可以有不用點火的燈，也就不會有電燈這回事！」

我受到了進一步的鼓勵，整個人就像是充滿了氣一樣，興奮無比，忽然之間，我又想起了況英豪「被俘」後我看到他受逼問的情形，胸口如同被鐵錘敲了一下，先是大叫了一聲，然後，在人人愕然之中，我揮着手叫：「他們抓錯人了！」

這一句話叫出口，休説別人難以明白，連我自己，也只是突然想到就叫了出來，只有一個模糊的想法。

所以，在叫了一句之後，我雙手不斷揮舞，迅速地把模糊的、原始的想法，演變形成為一個概念，然後，我又重複了一句：「他們抓錯人了！」

每人都盯着我，等待我對這句聽來莫名其妙的話，作進一步的解釋。

我連叫了兩聲「他們抓錯人了」之後，略停了一停，不由自主地喘着氣，揮着手——別看這是沒有什麼意義的動作，在思潮洶湧澎湃、不可收拾的時刻，很能起制衡的作用，使得像野馬脱韁一樣的種種念頭、奔馳得比較有規律，不至於太無稽。

所以，這個揮手的動作，後來竟成為我在思考的時候，或是忽然想到了些什麼時的習慣性動作——各位如果熟悉衛斯理以後的冒險故事，一定可以發現在那些記述之中，衛斯理經常「揮手」，「揮了揮手」。

卻說那時，我已經很快地把我所想到的，組織了起來，我又叫了一次「他們抓錯人了」，然後，立即道：「他們是『鬼竹』的主人，那是他們的東西，對他們有用，他們知道這東西落入了王天兵的手中，而王天兵又下落不明，所以他們就要找和王天兵接近的人去逼問，那個人是我，由於我和英豪在一起，他們下手捉了英豪去逼問，他們抓錯人了！」

我已經盡我所能，把我想到的一切，組織成了一個故事。自然，那是我第一次憑自己的想像，根據極少的資料，運用推理的方法，去構成一件事的設想，十分粗糙而不成熟。但是我有充分的自信，我的推測是合情理的！

那高級軍官首先點頭：「你所說的『他們』，就是我提到的不明來歷的力量？」

我再也沒有比聽到這句話更高興的了，所以用力點頭，表示我正是這個意思。

其他人，都皺着眉，一言不發。

當時我頗有點怪他們不接受我的設想，但是後來，再仔細想起當時的情形，連自己也不禁皺眉，因為我的假設，有太多沒有說明之處，那是只憑一時的靈感所組織起來的一種想法，有太多問題存在。

「他們」自然可以說是外星人，「鬼竹」也可以說成是外星人的重要儀器，要找回來，但是外星人如何知道這儀器落入了王師父的手中呢？又如何知道我和王師父之間的關係？知道了，又如何會找到我，再如何會在出手時抓錯了人？

可是當時，我卻沒有想到這些，只是興奮地道：「明白了是他們抓錯了人，事情就易辦！」

也許是受我那種充滿了自信的神態所感染，也許是祝香香對我有一定程度的理解，她第一個有了反應：「應該怎麼辦？你有辦法？」

我道：「是，他所要的是我，我去把英豪換回來！」

堂叔駭然：「你上哪裏找他們去？」

我靈感一發，不可遏止，對答如流：「他們是在哪裏帶走況英豪的，我就到哪裏去找他們！」

那高級軍官望向我，目光古怪之極，當時我不知道他這樣的眼神是什麼意思，後來有機會問他，他的回答是：「你是我見過的人之中，唯一第一次聽到外星高級生物，就毫不懷疑接受有他們存在的人！」

一直到我成年，在若干年之後，他和我偶然相遇，長談竟夜，他又把那幾句話重複了一遍，並且補充：「過去了那麼多年，你仍然是唯一一個一下子就相信了有外星生物存在的人，要知道那是多年之前的事了，一直到現在，還不知有多少人，以為外星高級生物是不存在的，只是人想出來的！」

他對我很推崇，那在當時就可以看出來，他沉聲道：「好，我和你一起去！」

我相當認真地考慮了他的提議，考慮的結果是拒絕：「不，還是讓我一個人去好，一個換一個，不必再節外生枝，多生是非！」

況將軍嘆了一聲：「我很喜歡英豪交到了你這個朋友，可是不認為你的行動有用。」

我大聲回答：「至多換不回來，至多接觸不到他們，也不會有損失，對不對？」

各人想了片刻，都點了點頭。祝香香過來，在我面前，站了片刻，我提出要求：「請給我一輛摩托車，我再到古城牆腳下去。」

五分鐘後，我已冒着寒風，騎在摩托車上，向不久之前出事之處，疾駛而去。

等到來到那道溝壑旁邊，天已濛濛亮了，遍地都是厚厚的霜，在石塊上、枯草上、灌木叢的樹枝上，都是白花花的霜，看看也感到一股寒意。

除了風聲之外，就是遠處傳來的有氣無力的雞啼聲。我一鼓作氣趕到，可是，「他們」在哪裏呢？

我背着風，深深地吸了一口氣，想到了十分重要的一點：他們的儀器，既然可以接收人腦活動所放出的能量，那就表示，他們有能力知道人在想些什麼。

把他們當作是天兵天將也好，當作是神仙也好，能測知人在想什麼，正應說是他們的能力！

所以我找了一塊大石，背風坐了下來，集中精神想：「你們找錯人了，應該是我，不是況英豪，只有我和王天兵有過接觸，見過那儀器！」

我不斷想着，開始的時候，思緒十分雜亂，但王師父教過我練氣功的法門（內家氣功是中國武術的一個重要內容，「氣功」這個名詞近來被濫用了），抱元守一，摒除雜念的基本功夫，我是會的。

漸漸地，我就做到了除這一念，什麼也不想的境界之中，陡然之間，我聽到了有聲音在問：「王天兵在哪裏，説！」

我睜開眼來，四周圍什麼也看不到，我全身如同被裹在濃霧之中，聲音自四面八方傳來——後來，類似的經驗多了，才知道這種情形，是直接有力量刺激聽覺神經的結果，並沒有由聲波震動耳膜再使聽覺神經起感應作用的過程。我吸了一口氣，想像我現在的處境，一定如同我看到況英豪「被俘」的情形一樣，我真的和他們有了接觸！

這令我興奮之極，我忙道：「你們先把早先帶走的人放了，我便把自己的所知全告訴你們——請相信，我已推測到你們來自天上，是我們傳説中的天兵天將！」

我說了這番話之後，有一段時間的沉寂。

然後我又聽到了聲音：「好，照你說的做了！」

我大大鬆了一口氣，就把我所知的有關「鬼竹」的事，以及在車廂中高級軍官和我的設想，滔滔不絕說了一遍。期間，曾幾次停下來，等待他們的反應，可是他們一直沒有出聲。

等到我講完，那聲音表示了不滿：「你說了等於沒說！我們要把……那東西找回來，王天兵在哪裏？」

聲音在「那東西」之前，有幾個音節我聽不懂，多半是那個儀器的名稱。

我據實道：「我不知道，你們來自天上，照說神通廣大，必然可以找到他的！」

那聲音有點無奈：「太難了，你們看來個個都一樣！」

我不禁駭然，確然，他們如果是形態全然不同的生物，人在他們眼中，自然一樣，就像人看螞蟻，也隻隻一樣，絕難在億萬螞蟻之中，找出特別的一隻來。

我也有疑問：「可是你們找到了我，那是憑什麼找到的？」

聲音道：「那東西接收到的信號，和你所發出的信號有相同之處……你不會懂的，你能代我們找到他嗎？」

我心頭怦怦亂跳，福至心靈：「可以，但是找到了他，如何和你們聯絡？」

聲音沉默了片刻，只是回答了我一個字：「想！」

我連忙再答應，又一口氣問了很多問題，可是忽然之間，寒風遍體，四周圍不再有濃霧，冬季的旭日，其色通紅，已經冉冉升起了！

第十部

舊情人

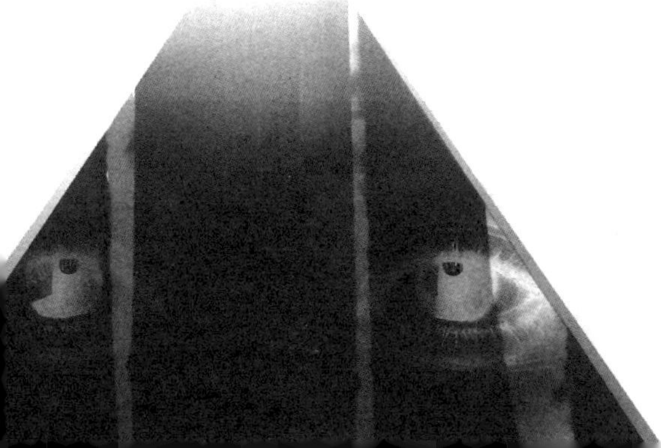

上一章的敘述，提到了我突然之間，跨進了豐富想像力的天地，像是佛教禪宗的高僧的「頓悟」，所以把那段經歷題名為〈開竅〉。

有一個也是關於開竅的經過，記載在《莊子》中。說是：「南海之帝是儵，北海之帝是忽，中央之帝是渾沌。儵和忽，經常在渾沌那裏作客，渾沌待他們極好，儵和忽就想報答渾沌的好客之德，兩人商議：人都有七竅，用來看、聽、進食、呼吸，只有渾沌沒有，不如替他開鑿七竅！」

（這位中央之帝的長相多麼怪，沒有七竅，甚至難以想像是什麼模樣，如何生活。中國古典文學之中，極多這種想像力豐富之至的例子。）

「於是，儵和忽就動手替渾沌開竅，每天開鑿一個，七天之後，在渾沌的頭部開鑿出了七竅，渾沌也因此死了。」

可知竅也不能亂開，有的人，硬是不開竅，不必努力使他開竅，讓他去好了，不然，反倒會害死他的！

閒話表過，再說我在寒風凜冽之中，忽然置身濃霧，和一個神秘聲音對答，接受了「他們」的委託，要去找王天兵（我的師父）之後，又自濃霧之中，「走」了出來，在開始的那一剎那，思緒紊亂，至於極點，連像刀鋒一樣的寒風吹上來，都沒有感覺。

好一會，我才理出了幾個頭緒來：第一，真有人曾和我對過話，剛才發生的一切，絕不是幻覺。第二，祝英豪已經沒事了，我料得對，他們捉錯了人。第三，我要是找到了王天兵，就可以再和他們聯繫，而方法是：想！

這一聽，不是很容易明白單單的一個「想」字是什麼意思，但只要想一想，就很容易明白。

想！就是要我集中精神想他們。

集中精神去想一個我的同類（地球人），被想的對象不會知道我正在想他，因為人和人之間的腦能量，不能直接溝通。

要使被我想的對象知道我在想他，單憑想不夠，必須通過其他行為告訴對方，用文字或語言來表達，或者用一個眼神，一個微妙到只有對方才能領會的神情，等等。

自然，對方要回應，也要採用同樣的方法。

這時我思緒紊亂，雜七雜八想得很亂，自然又想到了祝香香，想到了和她四目交投時的那種無比的舒暢，可是也想到了況英豪，他竟然是祝香香指腹為婚的丈夫，哼，亂七八槽，一塌糊塗！

我用力搖了搖頭，吸進了幾口冷得肺都生痛的冷空氣，把我的思緒，拉了回來。

我想一個地球人，被想者不會知道；而我想他們，他們就會知道。

由此可知他們有接收人的腦能量的異能——那「鬼竹」也會出現人像，也證明了這一點。

一想起這一點，我不禁感到了一股寒意——並非由於天氣冷，而是由於恐懼！他們要是有這種力量，那豈不是在地球上，不論什麼人在想什麼，他們都能知道？也就是說，他們洞悉所有地球人在想些什麼，他們知道所有地球人的秘密！

這是多麼可怕的情形，他們，簡直就是神仙了！

可是忽然之間，我又啞然失笑：也沒有什麼可怕的，他們連我的師父都找不到，要委託我來找，能力也有限得很！

要找我師父，怎麼着手呢？看來，我師父和香媽、況將軍之間，必然有很深的恩怨糾纏，祝香香所知，只怕也不是很多，在我師父的老情人那裏，或許可以探聽到許多資料。

我在心中把祝香香的媽媽稱為「我師父的老情人」，並無不敬之意，當然，那也只能在心中暗暗地叫，不能當面這樣說的——這是人沒有能力直接接收對方腦能量的好處。不然，誰沒有在心叫對一個人的稱呼和口中說出來不同的情形呢？全讓對方知道了，豈不尷尬萬分？

（若干年後，我遇到了一個「完全知道對方在想什麼」的人，這個人痛苦莫名，寧願自己變成白癡。）

正在胡思亂想時，汽車聲轟然傳來，好幾輛車子疾駛而來，最前面的一輛還沒有停穩，便看到況英豪大叫大嚷（他言行都相當誇張）：「咦，你怎麼在？沒叫他們把你抓走？」

我笑：「大廟不要，小廟不收，沒人要我！」

況英豪哈哈笑：「我的經歷，堪稱世界之最了，他媽的，究竟是何方……神聖？」

他在「何方」之後，曾猶豫了一陣，看來本來是想說「何方妖孽」的，但想了一想之後，還是收了口。

我攤了攤手，表示不知道。

雖然折騰了一夜，但是況英豪平安歸來，大家都興高采烈，我堂叔把一干人等，連況將軍在內，請到了我家的大宅之中。

況英豪不停地講他的經歷——和我的一樣，他一再說：「真豈有此理，那聲音一直在問我王天兵在哪裏，我根本連這個人的名字也沒有聽說過！」

他說了至少有三遍之多，他很粗心大意，根本沒有注意到他在這樣說的時候，香媽和況將軍，都會現出異樣的神情——要不然，他也不會一再這樣說了。

這時候，我已有了主意，如何開始着手尋找王天兵，那是不知是什麼力量委託我做的事，我要盡一切力量去做，以不負委託。而我內心深處，真正的願望是要和他們再接觸。

到了豐富的午餐之後，況大將軍和他的幕僚告辭離去，我和堂叔，以及家中的幾個長輩，送出門口去。那高級軍官拍着我的肩頭：「小朋友，我們有幸相識，這一分別，不知何年何月才能再見了！」

言下意大是悵然，一個成年人能對一個少年表現這樣的感情，令我十分感動。

況英豪在一旁聽了，大聲道：「我也要入維吉尼亞軍校，等我畢業時，你這個老學長和衛斯理一起來參加畢業禮，不就可以見面了！」

各人都笑，一直到很久以後，我都沒有遇到比況英豪更樂觀的人。

在這時候，我揀了一個機會，悄悄對香媽說：「等一會我帶你看看師父住過的院子。」

我不問她是不是想去看，而直接說要帶她去看，那等於是代她作了決定，她略想了一想，就頷首表示答應。這情形，祝香香看在眼內，後來她對我說：「你和我媽媽倒很能心領神會！」

貴客走了，況英豪和祝香香站在一起，沒有離去的意思，香媽已在向我以目示意，這不禁令我十分為難。我要帶她去看師父住過的院子，目的是想在她口中，得到一些她老情人的資料，她如果和我單獨相對，可能會說出很多話來，但如果況英豪和祝香香陰魂不散地跟着，她可能什麼也不肯說了！

但是一時之間，我又想不出什麼方法支開他們。當然我可以說「你們是指腹為婚的夫妻，總有些體己話要說，請便吧」。

可是我又不願意那樣說，不願意他們真的躲在一邊去說體己話。

所以，祝香香和況英豪，是跟着我和香媽，一起到那院子去的。一路上，況英豪好幾次想去握祝香香的手，祝香香都避了開去，這令我大是高興。

一進了院子，看到滿院都栽種着各種各樣的竹子，香媽忽然面色大變。

我師父喜歡栽種竹子，也真的過了分。凡是可以種植的地方，都長滿了竹子。竹子是十分易於生長的植物，如果刻意栽種的話，自然生長得更茂盛，所以一進院子，就只聽到風吹竹葉所發出的「刷刷」聲，地上也滿是竹葉。如果是在盛夏，當然是綠蔭森森。

可是我師父並不愛竹子，他種竹子，不是為了貪戀「獨坐幽篁裏」的那股情調。我不止一次，看到他把老粗的竹子，握在手裏，一使勁，他看來瘦骨嶙峋的手，勁道真是大得駭人，比他手臂還粗的竹子，就發出驚人的碎裂聲，裂了開來。

院子中不少這樣被他捏碎了的竹子，隨處可見，竹子生命力強，雖然被捏碎了，但一樣在生長，但是不再那麼挺直。

我只當他這樣做，是為了練手勁，後來，感到他或者是有怪癖，愛聽竹子碎裂的聲音（周朝有一個叫褒姒的女人，愛聽撕破綢子的聲音），絕沒有想到還會有別的原因在，直到香媽說了，我才恍然。

卻說一進院子，香媽就神色大變，氣息急促，身子竟也像是站不穩，她一手接住心口，一手伸出去，要扶住一根竹子，那根竹子相當粗，也曾碎裂過，她扶住了竹子，現出了十分悲傷的神情。

我知道祝香香的武學，得自她母親的傳授，那麼香媽的武功，一定十分高強。要令得一個武功高強的人如此舉止失措，她所受的打擊，也一定很嚴重。

我早就料到過她和我師父之間有不尋常的關係，料她是想起了往事，不能自己。

（其實，那時香媽也至多不過三十出頭年紀，可是在少年人看來，她是成年人，一定有許多滄桑，有許多值得緬懷的往事。）

祝香香抿着嘴，過去捉住了她媽媽的手，況英豪全然不知道發生了什麼事。

我看到香媽的視線，停在那竹子被弄裂的部分，悲哀的神情，更是深切，她喃喃地道：「恨得那麼深，竟然恨得那麼深……」

祝香香叫了一聲：「媽……」

她的這下叫喚聲中，充滿了疑惑，顯然她也不知道她媽媽這樣說是什麼意思。

香媽閉上眼睛一回，才睜開眼來，目光迷惘，望向我，道：「你說我是王天兵的夢中情人，一點也不錯。」

我再也想不到香媽一開口，就會說出了這樣的一句話，雖然很驚愕，但是卻也感到，和她之間的距離，一下子就拉近了許多，再也沒有隔膜——當人可以把心事毫無保留地告訴他人時，這是必然的現象。

祝香香低下頭去，咬着下唇不出聲。

況英豪卻大是錯愕，因為我在火車廂中，作這種驚人推測之時，他並不在場，所以不明白來龍去脈。他在驚訝之後，伸手去推祝香香，想在祝香香那裏，得到進一步的解釋，卻被祝香香用一個老大的白眼，瞪了回去。

他又向我望來，我向他作了一個手勢，示意他稍安毋躁，我會找機會告訴他。

況英豪用力抓着頭，我在這時，大着膽子試探問：「我師父是你的……舊情人？」

這句話一出口，就見祝香香向我怒瞪了一眼，大具怒意。可是香媽卻並不生氣，她只是抬起頭，目光淒迷，不知望向何處，久久不語。

她的這種神態，竟像是默認了一樣。

祝香香急得俏臉通紅，叫了起來：「媽！」

香媽這才伸手，在她的頭上撫摸了一下，給了回答：「不能說是，只是他一直戀着我。」

祝香香嘆了一口氣，算是心頭放下了一塊大石——別說是在那年代，就是在現在，少女忽然聽到自己的母親有了戀人，只怕也會很緊張的。

可是祝香香對「媽媽的舊情人」的反應，卻遠遠超越了正常，她又瞪了我一眼，不但憤怒，而且大有責怪之意。

後來，我和她單獨相處時，我忍不住對她的態度表示不滿：「令尊去世已久，你總不見得想令堂得一座貞節牌坊吧！」

祝香香這樣俏麗的少女，居然也會有咬牙切齒的神情，她給我的回答是：「是他害死我爸爸的。」

祝香香的意思是，她不會干涉母親的愛情生活，但是絕不能是王天兵，因為王天兵「害死了」她爸爸，而且，她更說得十分決絕：「我一定要報仇！」

當她這樣說的時候，我心中在想，千萬不要成為她的仇人，不然，很可怕。

祝香香的爸爸，其實不能說是王天兵害死的——當祝香香這樣說的時候，我已經知道了事情大致的經過，所以可以下這樣的結論。我師父王天兵，最多只能說和祝香香父親的死有關係，或者說，有很大的關係。

期間的前因後果，十分複雜曲折，也有很多陰錯陽差、事先絕對意想不到的事，夾在其中。

我是想到什麼就說什麼的，就把自己想到的，說了出來。祝香香的回答是：「對你來說，祝志強只是一個名字，代表的是一個陌生人，但是對我來說，這個名字代表的，是和我骨肉相連的父親，你能夠作客觀的、理智的分析，我不能，我只想到是他害死我父親，我要報仇。」

祝香香既然這樣說了，我還有什麼好說的呢？而且，她的話也很有道理，要是事情發生在我的身上，或許我會比她更偏激。

卻說當時，寒風颯颯之中，竹枝搖曳，香媽慢慢向前走，我們三人跟在後面，每經過曾裂開的竹子，香媽就會伸手去撫摸一下。

走了十來步，她問我：「你師父他……是不是常用手把竹子捏得碎裂？」

我道：「是，他是在練功？」

香媽的聲音苦澀：「不是，他種竹子，就是為了要把竹子捏碎……」

她說到這裏，轉過身，向我望來，眼神十分淒酸。她問我：「你可知道為了什麼？」

我陡然心中一動，脫口便答：「因為他恨竹子，他恨的是竹——一個姓祝的人，他要捏碎那姓祝的……」

（「竹」和「祝」在北方話中音極近。）

我本來想說「喉嚨」或是骨頭，可是祝香香冷冷的目光，向我射來，令我說不下去。

香媽長嘆一聲：「真想不到，人都死了，恨意還是那麼難以消解。」

香媽的這一聲感嘆，給我的印象極深，在好多年之後想起來，仍不免感到一股寒意。

祝香香立時道：「媽，這王天兵和爸爸的死有關？」

祝香香十分敏感，而且我相信她對上代的事，多少也知道一些，不然，她不會要求我帶她來見我師父——她見了我師父，大叫一聲就走，那是為了什麼，還是一個謎。

香媽揚起了頭，神情變得很嚴肅：「香香，他是我師兄，是你師伯，你不能直呼其名。」

香媽這句話一出口，祝香香抿着嘴，一臉不服氣的神情，我則訝異莫名。

如果香媽和我師父是師兄妹，那麼香媽是我的師姑，香香也可以算是我師妹了！

別以為這種關係沒有什麼，在武學的世界中，那是十分親密的自己人的關係。

我向祝香香看去，她現出猶豫但堅決的神情，她道：「媽，這不公平，我什麼也不知道！」

香媽沉聲道：「我正準備告訴你。」

她説着，走前幾步，來到屋子之前，推門走了進去。

第十一部

三姓桃源

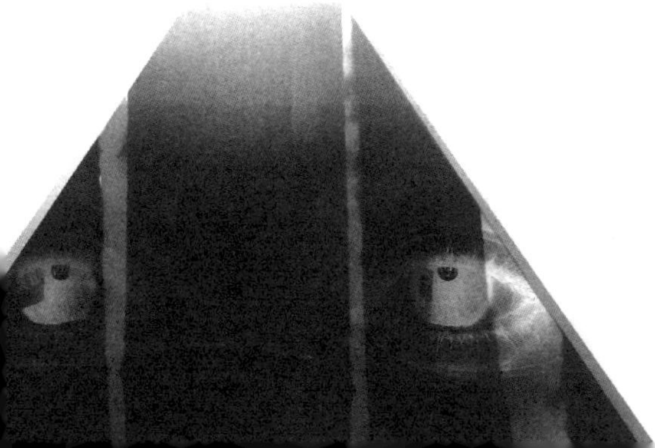

我師父的屋子，我自然再熟悉也沒有。自從拜師學藝開始，每天午夜時分，我都會到這裏來，接受嚴酷得殘忍的武術訓練方法——很多時日之後想起來都奇怪自己何以居然沒有被「折磨」死，反倒練成了一身好本領。莫非人一定要經過這種痛苦的階段，才能成器？

（玉不琢，不成器。如果玉有感覺，在被雕琢之時，也怕絕不愉快，又或者，玉本身根本不想成器，那不是冤枉得很嗎？）

（玉是沒有感覺的，所以可以不理，但人是有感覺的，其實很應該多問問人的感覺如何。）

（忽然來的感慨，還是由那個儵和忽替渾沌開竅，卻把渾沌開死了而來的——和整個故事無關，可以不理，或者是看了之後，好好想想。）

師父屋子中的一切陳設，全是竹子製的，手工十分粗糙簡陋——以前我一直不知是什麼原因，這時，和香媽、況英豪、祝香香一起走進來，再見到了我熟悉的那些竹家具，自然明白何以它們如此粗陋，不論是桌是椅是架子是臥榻，只要輕輕一碰，就會「吱吱」響，像凳子，若是坐下去，發出的聲響，簡直像在痛苦地呻吟！

師父自然就是為了要聽竹子發出這種痛苦的聲音！他對姓祝的有刻骨的仇恨，想像之中，把仇人壓在身下，聽他發出痛苦的呻吟聲，那是何等痛快的事！

雖然那時我還只是少年，可是也很感到師父的心理狀態不正常，到了可怕的程度。

這時，我們都只知道極少的事實，知道的是：王天兵是香媽的師兄，而香媽嫁了一個姓祝的，所以王天兵就恨竹（祝）子。

要是會編故事，就這一點點材料，也就可以編出一個故事來了。可是編出來的故事，怎麼也比不上自香媽口中說出來的那麼離奇。

進了屋子之後，香媽伸手按在一張竹製的桌子上，那桌子這時發出了「吱吱」聲響。況英豪想坐下去，竹椅發出的聲響，把他嚇了一大跳，忙不迭站了起來，神情訝異莫名。

我向他解釋：「因為他恨姓祝的，所以故意要聽竹子發出的呻吟。」

祝香香咬着下唇：「媽，為什麼要進這屋子來？有什麼話說，在外面說不好嗎？」

香媽略等了一會才回答：「好，你們先出去，我隨後就來！」

自從和祝香香同學以來，我見過她的許多神態，或是嬌柔、或是嫵媚、或是輕嗔薄怒、或是笑靨如花，都各具美態，叫人看了還想看，而在看了還看之後，還會隨時回想。

可是這時，祝香香的神情，卻實在叫人不想多看她一眼——她俏臉鐵青，雖然是板着臉，可是眉宇之間，又有一種極度的厭惡。她母親的話才一說完，自然是由於她心情極惡劣的緣故，竟然連禮貌也不顧，一甩手，轉身就衝出了屋外去。

況英豪自然立時跟了出去，我猶豫了一下，望向香媽，香媽的神態十分疲倦，向我揮了揮手，示意我也離開。

本來，我還想說些什麼的，可是她的神情，表示得再徹底也沒有——她要單獨一個人，不想有任何人在她身邊，她只想一個人獨處！

所以，我沒有說什麼，倒退着出了屋子，才轉身。

祝香香離開了屋子之後，一口氣不停，急步走出了院子，才長長地吁了一口氣，面色仍是陰沉無比。況英豪在一旁，沒放手腳處，不知如何安慰她才好，甚至向我投來求助的眼神。

我自然也沒有法子。於是，祝香香站着不動，只是大口吸氣，大口呼氣。我則緩緩踱步，況英豪圍着祝香香，團團亂轉。

足足過了半小時之久，才看到香媽走了出來，她出來之後，動作很緩慢，小心地關上了院子的門，神情竟大是依依不捨，又面對着門站了一會，才轉過身來，彷彿只有她一個人那樣，踽踽而行，到了一個亭子中，在亭中坐了下來，不言不語。

祝香香先走近她的母親，母女兩人也沒有說什麼，只是自然而然，輕輕握住了手。

她們兩人顯然都在精神上有極大的困擾，但是兩人在一起默然不語，還是十分溫馨，看了令人感動。

三個少年都在等香媽講話，準備聽一個恩怨交纏、愛恨交織的故事。可是過了好一會，香媽一開口，說了一句話，卻是我們再也想不到的。

這句話，不論多少年之後，我都可以清楚記得，記得香媽說這話時的神情、環境，以及我們聽了之後，感到錯愕的反應，歷歷在目。

香媽說的那句話是：「你們都讀過《桃花源記》？」

是不是毫沒來由？在這樣的情形之下，忽然問了這樣一個問題。

有一本書，現在已不流行了，這本書叫《古文觀止》，意思是歎為觀止的古文匯編，清康熙年間兩位姓吳的學者所編，收各種駢文散文二百二十二篇，篇篇錦繡，字字珠璣，超過三百年，是求學者的必讀書，有幾篇著名的文章，像《桃花源記》，只怕會一直流傳下去，誰不知道「晉太元中武陵人捕魚為業……」？

我們三人，當時除了點頭之外，都沒有出聲。

香媽長嘆一聲：「像《桃花源記》中記述的事，也不一定全是陶淵明的想像，真是……有的。」

我立即想到的是：啊！一個桃花源記式的故事。

這一類故事，不止《桃花源記》，許多小說都以這種形式的故事為基礎。

香媽在繼續着：「若干年之前，天下大亂，洪秀全領導的太平軍，打下了半壁江山，洪秀全自己在南京，封為天王，坐上了龍椅，本來是滿清氣數已完的好時機，只惜天國的將領不和，爭權奪利，自相殘殺……」

她在説着這段歷史的時候，語調十分感嘆，而且對於太平天國的稱呼，也很尊重——一般人提起太平軍，都叫他們「長毛」，自然沒有敬意。

再聽下去，就明白了：「當太平天國敗象初現之際，有三個中級軍官，洞悉先機，知道必不長久，將來結果可能慘不堪言，所以急流勇退。他們全是湖南人，知道湘西一帶，崇山峻嶺，森林連綿，很有些隱蔽之處，所以三人先結伴去尋找，終於給他們找到了一處與世隔絕的好所在，若是不明究裏，根本無法到達。三人略作安排之後，便把全家老小，都遷入了那所在，並且命名為『三姓桃源』，立下家規，世世代代，在『三姓桃源』隱居，再也不出塵俗世間，也就無疑人間天上了！」

香媽在這樣叙述的時候，神情無比嚮往。我卻暗中不住皺眉——對於這種形式的隱居，我不是很贊成。那種避世的精神，無法形成人類的進步——或許有人說，人類沒有進步會更好，那也不必爭論。

香媽嘆了一聲，徐徐道：「三姓是：祝、王、宣——我姓宣，香香也直到現在才知道吧？」

祝香香咬着下唇，點了點頭。

香香的爸爸姓祝，我師父姓王，我已大略可以估計到事情會如何發展的了。

香媽又道：「三姓之中，王姓是武將，祖傳的武學，極具威力，最早源自宋代，稱為『龍虎功』——聚龍會虎，據說是張三豐祖師親傳。這武功，在王家世代相傳，一向傳子不傳婿。」

她說到這裏，望了我一眼，大具深意。

在香媽的眼神中，我感到了她的意思：你是王天兵的徒弟，他替你的武術打下了基礎，你也是「三姓桃源」龍虎功的弟子！

我領略到了香媽的意思之後，立時又向祝香香望了一眼——祝香香也是「三姓桃源」的弟子，我和她的關係，自然又深一層了！

可是，我又想到，那也沒有什麼用，香媽和王天兵是師兄妹，可能還是青梅竹馬，一起長大的，但是結果顯然不是很好。

我思緒紊亂，心神不定。這時，況英豪也神色陰晴不定，他用極低的聲音咕噥了一句：「武術！哼，一槍過去，什麼功都沒有用！」

他這句話，自然是對香媽的大不敬，我也不知道香媽有沒有聽到，祝香香則垂下了眼簾，和我一樣，裝成了聽不到。

況英豪的話，很有道理，可是他忽略了中國傳統武術若是達到了深湛的境界，反應的靈敏和對惡劣環境的適應，絕不是科學所能解釋，也不一定不是現代武器的敵手。

香媽吸了一口氣：「三家人隱居在深山之中，王家是大武術家，祝、宣兩家全是文人，在隱居的歲月之中，自然身手矯捷的武術，比之乎者也的文學有用得多。本來，王家的獨門龍虎功，不傳外人，但為了表示三姓為一家，王家竟不藏私，公開了家傳的武術，三姓子弟，只要肯學，都能獲得傾心傳授。」

香媽說得十分平靜，她說的雖然是多年之前的事，可是事情本身很傳奇，又明知和眼前的幾個人的恩怨糾纏，大有關聯，所以很引人入勝，再加上香媽敘述的本領很高，所以我們都屏氣靜息地聽着，尤其是祝香香，事情和她更有直接的關係，所以她更是聚精會神。

我把香媽那次所說的，加以整理，敘述在下面。在「三姓桃源」之中發生的事，有一些，當時不是很明白，只當是怪事。後來見識豐富了，就明白了真正的原因。

我當時的反應，和後來的認識，都加插在香媽敘述的故事之中。

「三姓桃源」所在之處，四面全是重重疊疊的山巒，峭壁中的，飛鳥難渡。那山谷被群山包圍，所以氣候適宜，物產極豐，土地肥沃，又有水潭、溪流、瀑布，水產也豐美之極。不但如此，還有一個大岩洞，洞壁之上，結聚着許多晶瑩雪白的鹽塊，當真是洞天福地，只要收得起野心，在這樣的環境中居住，實在是無憂無慮，再理想也沒有了。任憑外面的世界怎麼樣天翻地覆，在這個山谷之中，一樣是平靜寧謐的神仙境界。

問題就在這句話：只要把野心收起，世外桃源，就是最理想的生活環境。

但是，若是收不起野心呢？

人各有不同性格，有的人天生沒有野心，甘於淡泊，不求進取，有的人雄心勃勃，勇往直前，不怕大風大浪。那是人天生的性格，很難說誰是誰非，誰對誰錯。

最早一代搬入「三姓桃源」的三家家長，自然都沒有問題，他們都看透了世情，認為替自己和自己的家人，找到了最好的生活方式。

當時，三個生死之交，曾有一番小小的爭執，姓王的武將提出：「我把家傳的武術公開，三姓是一家，從此之後，『三姓桃源』之中，只有武，沒有文，三姓子弟，連字也不必識！」

王姓武將提到了「連字也不必識」，那是釜底抽薪，最徹底的辦法。連字都不認識，自然更不必讀書了，不讀書，就不會知道那麼多事，就會心安理得，在這山谷之中，一代一代住下去，不會出什麼花樣。

別看王姓武將是個粗人，他這種主張，和中國古代的大思想家老子和莊子，頗有相合之處：「絕聖棄智」！

人若是沒有智慧，對只追求平靜的生活，絕對是一件好事。

可是王姓武將這個提議，立時被飽讀詩書、滿腹經論的兩個朋友反對，他們兩人意見一致：「王兄既然不藏私，把家傳武學公開，我們又豈甘後人，也把畢生所學，傳授三姓子弟：只要有天資，管保他們能有大學問。」

王姓武將當時沒有再爭，只是問了一句：「縱使學得才高八斗，學富五車，在『三姓桃源』之中，又有何用處？」

一句話，把祝老夫子和宣老夫子堵得半天說不出話來。

王姓武將沒有堅持只學武不學文，所以三姓子弟，文武兼習，也有生性疏懶的，索性什麼也不學，倒也怡然自得，過那無憂無慮無欲無求的快活日子。

兩位老夫子，在進入山區的時候，每人所帶進來的書籍，都有十幾大箱，所以有的是教學材料。

就這樣相安無事很多年，三姓也定下了規矩，同姓不通婚，漸漸地，人口就多了起來。

（當時我聽到這裏，就暗自搖了搖頭。因為那兩位老夫子雖然滿腹經論，但是中國的古籍之中，自然科學的著作極少，有也是不通的多，什麼「黃鳥入海化為蛤」這種神話式的傳說，都被一本正經寫在書中。）

（所以，他們一定都不知道，這種情形，若是延續下去，就會出現危機——總共只有三家人家，不是你娶我，就是我嫁你，不出幾代，所有人之間，就都有了血緣關係。）

（而近親成婚的惡果，十分驚人：下一代的智力減弱，產生白癡。）

奇怪的是，三姓之中，王、宣兩姓的人口傳衍較多，祝姓卻一連三代，男丁都是單傳，女性相當多。祝姓的男丁，高大挺拔，英俊非凡，成為谷中女孩子傾慕的對象。到了有一代，祝家居然生了三個男丁，可是那三個男丁之中，只有一個肯成婚，另外兩個，全谷所有適齡女性，除了姓祝的之外，幾乎只要他們開口，都可以娶之為妻，其中不乏又能幹又美麗的。但是那兩位青年，卻硬是沒有興趣，反倒喜歡和男青年在一起，舉止大似女性，引得谷中所有人都駭異萬分，視為妖孽。

（當時我不是很明白那是什麼性質的怪事。後來就明白，祝家的男丁，有同性戀的遺傳，這種由遺傳密碼決定的傾向，十分無奈，原因不明。如今世界很多地方，都不再歧視有這種傾向的人。）

在這平靜的山谷之中，引起了一陣又一陣的風波。偏偏這兩個男丁，聰明之至，谷中所有的書，都被他們讀遍了，見識自然也與眾不同，而且又和所有人格格不入，於是，就寫下了一封信，離開了山谷，結束了在「三姓桃源」中的隱居生活。

這件事，對「三姓桃源」來說，簡直是爆發了一枚核子彈，一查之下，這兩兄弟，還帶走了一批當初進谷時帶來的珠寶。

當初，珠寶的數量真不能算少，由於下定了決心，在谷中世代隱居，再名貴的珍寶，都沒有用處，所以只是隨便放在墳地的祠堂之中，當作一種供奉，也沒有專人看守，要帶走是十分容易的事。

姓祝的兩兄弟犯了「三姓桃源」最嚴重的規條，照規矩，一定要把他們追回來。他們的兄長，義不容辭，負責去追他們回來。

這時，所有人在「三姓桃源」之中，隱居了超過一百多年，對於外面世界是什麼樣子的，一無所知，一提起要離開山谷，都視為畏途。

何況，那時祝老大新婚不久，文武全才，武功在谷中，是首三名之選，所以谷中的人都相信他一出馬，就可以把他兩個大逆不道的兄弟追回來。

祝老大當年二十四歲，他帶了一包珍貴的珠寶，離開了「三姓桃源」。留在山谷中的人，在等着祝家老大的回來，可是一個月又一個月，一年又一年，足足等了二十年，祝老大蹤影全無，和他兩個兄弟一樣，看來再也不會回來了。

於是，「三姓桃源」之中，祝姓的只有女性，沒有男人，勢必成為「兩姓桃源」了！

是三姓還是兩姓，問題都不大，問題是在於，姓祝的三兄弟一去不回，可知道桃源式的隱居生活不一定能吸引人，神仙式的閒適也未必適合所有人，外面的花花世界，必然有吸引人之處——這種想法，是一個大缺口，若是一旦堤防崩潰，那麼，「三姓桃源」也就不再存在了。

在祝老大走了一年而沒有音訊之後，山谷中的父老已經看出了這個危機，可是誰也沒有辦法。一直到了祝老大離去了二十年，雖然祝家三兄弟離去，被當作谷中最大的禁忌，誰也不提。可是，那是插在「三姓桃源」心頭的一口釘子，誰都知道，不把這口釘子拔去，總有一天，會有變生不測的大禍事！

那二十年，山谷中的變化，並不是太大，但總也有變化的。最突出的是，在王姓的一族之中，出了一個文武全才的青年人。

人有智愚之分，在許多情形下，由天生的遺傳密碼決定，但後天的勤奮，也佔很大的成分。山谷中生活舒適，王家獨門龍虎功之中，有幾門最具威力的，要經過十分刻苦的鍛煉過程，近乎自虐的發奮，才能有成，已經沒有什麼人肯練，失傳了五六十年，到了這王姓青年身上，竟一一都練成功。那年，這王姓青年才二十二歲，已經是文武全才，成了三姓桃源之中最傑出的人物，雖然年輕，但是在谷中地位極高，儼然是一谷之主了。

香媽花了不少言詞，介紹這個王姓青年，聽得我有點悠然神往，想像那是一個如何刻苦、努力向上的青年人——任何人只要有這樣的精神，取得成功是必然的事！

香媽以手支頤，很是出神，停了好一會，才道：「那時，他是山谷中所有年青人的領袖和偶像，也是所有少女心中的……理想丈夫。」

她說到這裏，眼神更是茫然，又停了片刻：「在許多許多少女之中，他只喜歡一個人——」

在說到「一個人」的時候，聲音又慢又傷感，接着，便是一聲長嘆。

祝香香立時過去，握住了她媽媽的手。祝香香的聲音很低，她說的話，雖然我和況英豪都想說，但是聽了，還是感到意外，她道：「媽，那少女是你？」

香媽並沒有說是，也沒有說不是，卻道：「那王姓青年的名字是王天兵！」

我和況英豪互望了一眼，那個山谷中最出色的青年人，就是我的師父！

我不由自主，搖了搖頭，因為我在師父身上，絕看不出一個奮發向上的青年人的影子來，雖然說人會變，但是總難以把一個終日喝酒、對着竹子喃喃自語、自暴自棄、消沉之極的人和一個努力向上的青年聯繫在一起！

除了他在督促我練武時，還有三分英氣之外，他整個人就像是行屍走肉一樣！

是什麼事使他有了那麼大的轉變？是因為他愛香媽，而香媽卻嫁了姓祝的？

一想到這裏，我不禁「啊」地一聲，已經理出一點頭緒來了。我指着祝香香，道：「那祝家三兄弟……那出谷去找弟弟，也一去不回的祝老大，是……香香的……」

香媽抬了抬眼，神情已恢復平靜：「那是香香的祖父。他離開山谷去找他兩個弟弟，不到三個月，就在北京找到了。那兩個弟弟憑着聰明才智和帶出來的珠寶，已經生活得十分好，成為大城中突然冒出來的傳奇人物，而且公然……公然養相公……奇裝異服……旁若無人……」

這些對那兩兄弟的形容詞中，我們當時都聽不懂什麼是「公然養相公」，所以都有疑惑之色。香媽嘆了一聲：「也不知道上天是怎麼安排的，祝家的男丁，個個玉樹臨風，英俊非凡，這兩兄弟也不例外，可是他們都不好女色，只好男色，相公，就是男妓，專侍候男色的愛好者，雖然那是當時的社會風氣，但也很少那麼公然的。」

我們都不出聲。

（那兩兄弟是男同性戀者，殆無疑問了。）

香媽又嘆了一聲：「大哥找到了弟弟，弟弟帶着他領略花花世界的風光，他心中的防線一下子崩潰，也就不回山谷去了——他更能幹，不出十年，已經成了富豪，妻妾如雲，和他的弟弟不一樣。可是，男丁單薄的遺傳不改，香香的爸爸，是他的獨子。」

她又停了片刻：「這些陳年舊事，要是你們沒興趣聽，我就不說了！」

我們三人一起叫了起來：「不！要說！」

當然要說：因為最關鍵的事，她還沒有說出來：王天兵，她和祝志強之間，是怎麼又有了那樣的糾纏呢？

香媽吸了一口氣：「王天兵在山谷中威望愈來愈重，谷中父老有意退位讓賢，由他來當領導，王天兵也不推辭，但是他說，他要為『三姓桃源』立一個大功之後，才當此重任。」

王天兵所說的為桃源立一大功，他一宣布，人人叫好喝彩，原來他宣布：「一定要把祝家三兄弟找回來，不然，還成什麼規矩體統！以一年為期，我除非是死在外面了，成與不成，都回山谷來。」

在大伙轟烈叫好聲中，王天兵定下了離谷的日期，在出發前的三天，一個晚上，他和他心儀的少女宣瑛，在月下漫步。

宣瑛就是香媽的閨名。

王天兵和宣瑛的戀情，在山谷中已很公開。少男少女情懷，情人就快分別，而且要一年之久，自然難免傷感，所以兩人久久不語。過了好一會，宣瑛才幽幽嘆了一聲，垂着頭，王天兵望着在月色下，與月光融為一體，悅目之極的俏容，忽然道：「你可以和我一起去！」

宣瑛吃驚地抬起頭來——她連想都沒有想到過！可是王天兵一提出來，她一面心頭狂跳，一面就立刻想到：為什麼不可以呢？她可以和王天兵一起離開，去找那姓祝的三兄弟！

王天兵接下來的話，充滿了誘惑力，他把聲音壓得很低：「老實說，我也不是沒有私心，找那三兄弟……我也想去看看外面的世界，如果有你作伴，那……真是太好了！」

宣瑛的心，像是要從口中跳出來，在月色下看來，她俏臉由於興奮和緊張，變得通紅。

她沒有考慮，只覺得腦中「轟轟」直響，就用力點了點頭。

這一點頭，就決定了王天兵和宣瑛兩個人今後的命運，而且，更奇妙的是，還影響了當時遠在萬里之外的另一個青年人的命運，更影響了若干年之後的許多人的命運，包括了我在內！可知世事奇妙的連鎖關係，牽涉範圍之廣，難以想像！

王天兵提出要和宣瑛同行，雖然父老覺得有點不對勁，但也沒有反對。

於是，這一雙師兄師妹，就離開了山谷，闖進了他們從未經歷過的世界。

憑他們的聰明才智和一身本領，對外面的世界，很快就適應，而且，在兩個月之後，就找到了祝家三兄弟。

而他們見到的第一個祝家的人，就是祝老大的獨子祝志強。祝志強非但得到了，而且還大大發揮了祝家美男子的遺傳。

當宣瑛和祝志強目光第一次接觸時，兩人都知道：五百年冤孽相會了！

香媽說到這裏，又長嘆了一聲，我們也都默然不語——再下去發生什麼事，不必問，也可想而知了！

第十二部

陰魂不散

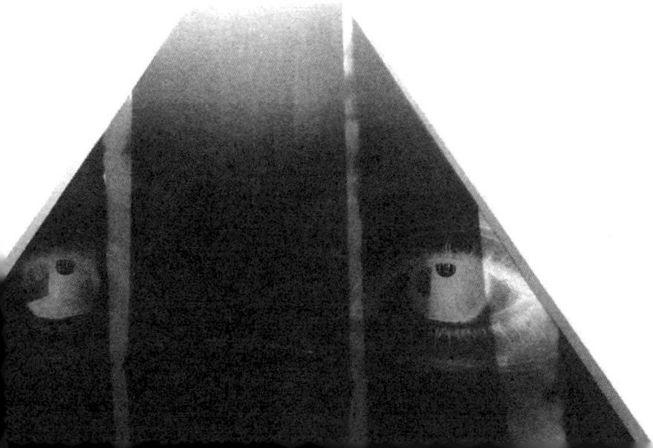

不是說王天兵不出色，也不是說祝志強太出色，男女兩性之間的關係，有一個「緣」字在。一旦男和女之間，加進了一個「緣」字，就必然會有事情發生。

祝志強和宣瑛一見鍾情，立刻就知道以後一定要和對方同生共死，自然也是緣分，本來順理成章之至，可是旁邊還有一個王天兵在！

見了祝志強之後，王天兵大是高興，派了姓祝的不是，便逼着祝志強帶他去見父親、祖父、叔祖，要祝家上下三代，所有人等，給他押回山谷去，聽候處置！

王天兵說得理直氣壯，而在外面世界長大，一腦子現代思想的祝志強，卻聽得哈哈大笑，只當王天兵是瘋子，自然不會聽他的。

這一來就說僵了，言語不成，當然只好動手。祝家三兄弟之中，雖然有兩個是同性戀者，但是在「三姓桃源」中學來的武功，卻沒有丟下，而且，在外面世界，和各地的武術界砌磋，自己也不斷有創造，竟把原來王家祖傳的龍虎功，又發揚光大，更進一步。

祝志強自幼習武，造詣不凡，兩人在一個山谷之中比試，連打了三天三夜，把兩個正在盛年的青年人，都打得精疲力盡，眼看再打下去，自然兩敗俱傷。

而在這三天之中，祝志強和宣瑛兩人，一見面之後，即像是觸了電一樣，眉來眼去的這種情形，王天兵也覺察到了，在兩人停手不打的時候，宣瑛在祝志強身邊的時候，竟比在王天兵身邊的時候更多！

到了第四天早上，王天兵解開一個包袱，取出了一雙利刀來，一揚手，「拍拍」兩聲，兩柄利刀，就一起插入了附近的一棵大樹之中，他指着那兩柄刀：「從這裏起步，一人一柄，拿到手之後，就決一死戰！」

祝志強笑了好一會，才道：「你去做你的桃源大夢吧，我可不再奉陪了，阿瑛，我們走！」

祝志強說着，向宣瑛伸出手去，兩人自然而然，握住了手，竟一起向山谷之外走去。

王天兵大叫一聲：「師妹！」

宣瑛回頭，向王天兵嘆了一聲：「師兄，我心已屬他，你不要逼我！」

這樣的話，出自宣瑛之口，一個字一個字，清清楚楚鑽入了王天兵的耳中，王天兵大叫一聲，奔到樹前，伸雙手拔出了雙刀，又是一聲大叫，翻身揚刀，向宣瑛和祝志強攻了過來。

看王天兵的來勢，像是一頭瘋虎一樣，奔到了近前，勢子不減，雙刀帶起呼呼的風聲，精光奪目，猶如兩道閃電，向祝志強和宣瑛直劈了下來。

祝志強和宣瑛，仍然手拉着手，身影一起向後疾退了出去，可是王天兵的刀勢實在太猛，兩人雖然退得快，還是慢了一點點，刀光在他們的額前，疾掠而過，劃破了額頭的皮肉。

香媽說到這裏，伸手撥開了前額的劉海，我們都看到，在她瑩白如玉的額頭上，有一道極細的疤痕，自額頂到眉心。祝香香大是感嘆，她這才知道何以她母親的髮型一直用劉海遮住了前額的原因。

香媽望住了祝香香：「你爸爸的額上，也有一道同樣的傷疤，唉，那兩刀，當真疾如閃電，有雷霆萬鈞之力，稍慢一步，我們的頭，怕都會被他劈了開來，我這才知道，師兄他心中，真是恨到了極處，真的要把我們置於死地才甘心……」

香媽說到這裏，沉默了好一會。

我心中在想，王天兵也真是夠慘的了，他非但不能把祝姓一家帶回去，反倒連公認的未婚妻也跟姓祝的走了，受了這樣的打擊，叫他如何去見谷中父老。

可是感情又絕不能勉強，這真是一個典型的悲劇！

當時，宣瑛和祝志強雖然在千鈞一髮之中避開了攻擊，他們各自受了傷，宣瑛看到祝志強前額鮮血迸濺，嚇得魂飛魄散，疾聲問：「你怎麼了？」

祝志強本來看到宣瑛受傷，也十分吃驚，但聽到她這樣關切地問自己，知道她也只是小傷，不過是流血的情狀駭人而已。

所以他一聲長嘯：「多謝王大哥，在我們兩人的額上各劃了一刀，變成了夫妻同相，妙極！妙極！」

宣瑛一聽，雖然血流了下來，俏臉失色，可是她還是立刻甜甜地笑了起來，笑容之甜蜜，王天兵竟未曾見過！

王天兵再次暴喝，可是不等他再揚刀，一張口，隨着暴喝聲，一口鮮血，狂噴而出，片刻之間，連噴了三口鮮血，人也委頓在地。

宣瑛想要過去扶他，祝志強拉住了她：「不可！他已有殺我們之心，不可再去助他。他在這裏靜養兩三天，自會痊癒，我們走！」

宣瑛和祝志強一起向外走去，開始，宣瑛還回頭看王天兵一下，到走出了十來步，竟依在祝志強的身邊，頭也不回，就走出了山谷。

本來，宣瑛對於就這樣離開了「三姓桃源」，就這樣離開了師兄，也多少有點內疚。

可是，一來由於她和祝志強之間的戀情，轟轟烈烈，她明白了真正的愛情，二來王天兵也做得太過分了。

王天兵在山谷中養了幾天傷之後，出來之後，就纏上了祝志強和宣瑛，暗算、行刺、下毒、放火，手段無所不用其極，令得宣瑛也開始對他憎恨。

他一個人行事，雖然佔着人在明他在暗之利，可是祝家上下，能人何等之多，如何能容他得逞。每一次，王天兵都鎩羽而去，被人家趕走，並且還活捉了三次，每次都是仗着宣瑛求情，才把他放了的。

最後一次放他走的時候，祝志強對他道：「這是最後一次放你，要是你再不識趣，還要來生事，再落在我手中，決不容情！」

王天兵非但不感激，而且目光之中，怨毒的光芒，像是毒蛇的蛇信一樣。

這次走了之後，不多久，祝志強就投筆從戎，進了軍校。誰知道不多久，王天兵竟又追到軍校，祝志強第一次，由於意料不到，幾乎着了道兒，雖然逃過了一命，肩頭上也中了他一枚鋼鏢，鏢上且餵了毒，受傷不輕。

在那次之後，王天兵又好幾次摸上軍校生事，全校上下，都知道祝志強有一個這樣的仇人，替王天兵取了一個外號，叫「陰魂不散」。

王天兵也真是滑溜：全校上下都想活捉他，可是每次都被他逃走，只有一次，他中了一槍，也不知中在什麼部位，還是被他走脫了，倒有了一年多清靜。

就在這段時間中，祝志強和宣瑛成婚，和當年的況大將軍，是兩對新人。

況大將軍和祝志強一入軍校，就成了好朋友，自然對王天兵這個陰魂不散的事，知之甚詳，祝志強也早已把何以惹上了這樣一個陰魂不散仇人的經過，告訴了好朋友。

不久，一對好朋友，以優秀的成績畢業。軍校畢業之後，兩人一起參加大小戰役，戰功彪炳，一再升級，祝志強更有極好的身手，已積功升到營長，青年英發，是軍中的傑出人物，況大將軍那時，是祝志強的副營長。

王天兵久未出現，連祝志強也認為這個不散的陰魂，終於散了，而且軍務十分吃緊，他也就不再將這個仇人放在心上。

意料不到的事，就在絕無防備的情形之下發生。

那次軍事任務，是要以一個營的兵力，突施奇襲，去突擊敵軍的一個團，要以少勝多，行動機密之極。入黑之後，已神不知鬼不覺地來到了離敵軍只有五六里的路程之處，只等到午夜，一開始進攻，就可以成功。

而且，來自家鄉的消息告訴他們，他們的妻子都懷孕了。

離進攻大約還有四五小時，部隊在一片濃密的森林之中休息，養精蓄銳，準備廝殺。

當晚月黑風高，正是偷襲的好時機，進了村子之後，下了命令，不能有一點亮光，不能有一點聲音，士兵軍官一律遵守，不得有違。

營長和副營長以身作則，兩人背靠着一棵大樹坐着。本來，在這樣的情形下，這一雙好朋友會有說不完的話，上至天文，下至地理，生平抱負，國家前途，什麼都可以說，但這時，兩人都一言不發，一股重壓，壓在他們的心頭，因為偷襲是不是能夠成功，對整個戰役來說，實在太重要了。

時間慢慢過去，林子中除了風吹動樹葉的聲音之外，一點聲音也沒有，只怕連樹上的飛鳥，也不知道林子內多了兩千多個不速之客。

就是那麼寂靜，那麼緊張的時刻，突然，一下響亮而又急促的馬嘶聲，陡然響起。

馬嘶聲還沒有停，祝志強已經直跳了起來，而且一下子就聽出，那是他心愛的大青馬的嘶叫聲，也聽得出，大青馬在發出這下嘶叫聲之際，十分痛楚，顯然是遭到了極痛苦的事。

而且，在這樣的環境中，忽然傳出了一下如此響亮的馬嘶聲，也令得人心頭大震，就像是在一鍋沸油之中，陡然澆進了一杓冷水一般，剎那之間，各種聲響，雖然不響亮，可是也形成一股暗湧，頗有一發不可收拾之勢。

祝志強和況志強兩人在黑暗中，輕輕碰了一下對方，兩人一切行動，都有默契，況志強立時通過身邊的傳令兵，傳下令去：保持肅靜。祝志強則循聲疾撞了出去，他武術訓練高強，黑夜之中飛奔而出，如鬼似魅，身法奇快，一下子就到了戰馬停佇的所在。

營中戰馬不多，不到十四，有三個馬伕。為了使畜牲不發出聲響來，所以十四馬分開來拴，免得發出摩擦。祝志強直撲大青馬的所在，去了解何以大青馬會在這種情形下，發出了那樣的一下嘶叫聲。

況志強連下了三道命令，他的命令傳到哪裏，哪裏就靜了下來，等到全部暗湧平息，林子中回復了平靜，祝志強卻還沒有回來。

況志強心中不禁大驚，他素知自己這個好朋友行事果斷之至，若是馬伕出錯，在這種緊急狀況之下，立即軍法從事，也不是什麼了不起的事，何以去了那麼久，還沒有回來？

他想往剛才馬嘶聲發出的地方去察看，可是他又知道，黑暗之中，不知有多少士兵軍官在留意長官的行動，若是營長和副營長，都為了一匹馬而行動倉皇，那就會影響軍心了！

所以他只好耐着性子等着，一分一秒過去，他簡直坐立不安，全身都在冒汗了，這才聽到有極輕的腳步聲傳過來，祝志強回來了。

況志強忍不住壓低了聲音問：「怎麼了？」

祝志強的聲音也極低：「馬伕想偷了大青馬開小差，被大青馬踢了一腳，他刺死了大青馬！」

況志強又驚又怒：「那馬伕呢？」

祝志強悶哼了一聲：「給他溜走了！」

況志強在當時，心中生出了老大的疑問——祝志強的身手何等了得，治軍何等之嚴，發生了這樣的事，如何能容得那馬伕溜走？

可是當時的環境，實在不適宜再追問下去，所以他也悶哼了一聲，把懷疑藏在心底，沒有問下去。

事後，他為自己的這種行為，懊喪欲絕，幾乎沒有吞槍自絕，可是在當時，他確然只能如此，因為祝志強下了決心不對他說，就算他大聲逼問，祝志強也不會說什麼。何況其時，絕不準出聲——就是他自己下的命令。

半夜過後，急行軍出了林子，直撲敵軍的陣地，槍聲一響起，兩個好朋友並肩衝鋒，身先士卒，敵軍倉皇應戰，潰不成軍，一下子就接近了敵軍的總部。

祝志強帶了一個爆破班去攻敵軍司令部，敵軍中也有勇士，七個人的一個敢死隊，從黑暗中撲了出來，圍住了祝志強。

況志強其時，在大約十公尺之外，他陡然舉了舉手，那是在問祝，是不是要他回來，聯手應付，他看到祝也舉了一下手，表示不必要，他可以應付。

況對於祝的身手之好，自然有信心，他立刻又奔向前，奔出了幾步，再轉頭，只見祝志強已經砍倒了三個，大佔上風。

況志強的行動，十分順利，一聲巨響，把敵軍的司令部炸得四分五裂，敵軍的指揮者，幾乎一網打盡，無一倖免。況志強滿懷勝利的喜悅，要和祝志強分享時，就看到一個參謀，上氣不接下氣，奔了過來，向他報告：營長掛彩了！

軍隊之中，受傷不叫受傷，叫掛彩。況志強大吃一驚：「嚴重不嚴重？」

參謀道：「軍醫正在急救，要立刻送醫院！」

戰情緊急的時候，輕傷不下火線，戰鬥正在進行，營長身負要責，只要清醒，也可以負傷作戰，而今要立即送院，可知傷勢一定嚴重之極了！

況志強喝道：「帶我去看！」

參謀帶着況志強，奔到了剛才祝志強和敵軍敢死隊搏鬥之處。那時偷襲成功，敵軍潰退投降，戰鬥已經完成了一大半。況志強看到軍醫、護士亂成了一團。他一走近，看到祝志強由一個護士扶着半坐，左胸血如泉湧，衣服被剪開了一角，有一處很大的刀傷。

那刀傷，是肉搏時中了刀所致的，以祝志強的武功而論，竟會被對方在這麼要害部分，刺中一刀，那當真是不可思議之極的事！

止血藥和繃帶，一層層紮了上去，總算勉強止住了血，立即送到最近的醫院去，況志強又驚又怒，可是他要負責指揮，不能跟了去。

戰鬥結束。況志強趕到醫院，祝志強還沒有醒過來，軍醫一見況志強，竟然「哇」地一聲，哭了起來：「副營長，營長他帶傷上陣，他……傷得那麼重……還上陣……和敵人拚殺！」

況志強一怔：「你亂七八糟，說些什麼？」

軍醫激動得說不出話來，把況志強帶到了仍昏迷不醒的傷者之前。

況志強看到，傷者的左胸傷處，紮着繃帶，而在腰腹之間，另有傷處，看來比左胸的傷還要嚴重。

軍醫吸了一口氣，指着腰腹間的傷處：「送到醫院，才發現他這裏早受了傷，只是草草包紮，一直在流血，那是戰鬥開始之前受的傷，也是刀傷！傷口又闊又大，是一種有鋸齒的刀刃所造成的，那不是普通人用的刀，是武術家的兵器！」

況志強聽到了一半，就天旋地轉，幾乎沒有昏了過去！

他立即想到了那個被他們稱為陰魂不散的王天兵！

王天兵的兵器，就是一柄厚背鋸齒短刀！

他也想起了戰鬥開始之前的那一聲馬嘶，祝志強去察看後久久不歸，和那個失了蹤的馬佚！

事情雖然沒有目擊者，可是卻是明擺在那裏的！

香媽說到這裏，停了下來，望向我。

我長長地吁了一口氣，明白何以我一說出了「王天兵」這個名字來，況大將軍暴怒，香媽的面色就那麼難看的原因了！

其間有那麼錯綜複雜的恩怨在：複雜到了少年的我難以了解的程度。

我只感到：太可怕了！

沒有多久，就查明了那個溜走了的馬伕，是一年之前才加入軍隊的，來歷不明，平日絕不出聲，面目普通，誰對他也不會留意。

明擺着的事實是：王天兵改裝易容，混進了軍隊當馬伕，在等候機會——他終於等到了良機，在那個晚上，一刀刺死了祝志強心愛的大青馬，馬臨死之前慘嘶，他知道祝志強一定會來察看，黑暗之中，死馬之旁，他陰魂不散，終於偷襲成功！

祝志強被他偷襲得手，當然也會有反擊，所以王天兵可能是負傷逃走的。

而王天兵絕想不到的是，祝志強在受了重傷之後，竟然如此堅強，由於戰鬥在即，他竟然隱瞞了自己的傷勢，若無其事，照樣指揮戰役！

他腰腹間的傷口很大，草草綁紮，流血過多，硬撐着戰鬥，以至又在敵方敢死隊的圍攻之下再受重創——不然，以他的身手，別說對付七個人，就是再多三倍，也奈何不了他半分！

況志強在知道了這些情形之後，憤怒、懊喪、悲痛，種種感情交集。

祝志強昏迷了四天才醒，誰都知道，那是臨死之前的迴光返照。那時，兩位懷了孕的妻子也已趕到。宣瑛雙眼哭得又紅又腫，祝志強握住了她的手，卻不現出悲傷的神情，反倒說了指腹為婚的那一番話。

況志強疾聲問：「那馬佚是王天兵？」

祝志強聽了之後，卻雙眼發定，並不說話。況志強頓足：「你說啊！你是先中了暗算，這才吃了虧的！我一定要替你報仇！」

祝志強搖了搖頭，閉上了眼睛，當他再睜開眼來時，眼光發定，已經與世長辭了！

雖然事情是明擺着的，但是祝志強在臨死之前，並沒有確切地說出首先是誰暗算他的！

從此之後，就再也沒有王天兵這個人的消息。況大將軍運用了一切可能去找他，甚至想派兵去直搗「三姓桃源」。但是宣瑛卻反對：「他不會回去，他沒有臉回去！」

一直到不久之前，香媽才對祝香香約略說了當年的怪事，並且對香香道：「那個人，竟像也在本縣居住，落腳在本縣的大戶衛家。」

這就是祝香香為什麼要我帶她去見我師父的原因。祝香香長得和香媽十分相似，王天兵陡然看到她，自然大吃一驚，而祝香香也沒想到有可能是自己的殺父仇人，竟是一臉的愁苦，她一時失措，也只好轉身便奔。

當時，我只覺得奇怪，怎想到會有那麼多曲折在！

香媽說完了之後，我們都不出聲，因為她所說的一切，實在不是一時三刻可以消化得了的。

過了好一會，祝香香才道：「他已經用暗算害死了……爸爸，還要那麼恨姓祝的？」

祝香香在這樣說的時候，聲音聽來十分平靜，可是雙手卻緊握着拳，我知道，那是她心中極度憤怒的緣故。

香媽的聲音苦澀，卻答非所問：「這些年來，我一直在想，那晚上殺了大青馬，暗算志強的人，究竟是誰？」

香媽這句話一出口，我們都吃了一驚，況英豪首先嚷了起來：「不是他是誰？」

香媽蹙着眉，向我望來，我乍一聽香媽那麼說，雖然吃驚，但是這時，仔細想想，也覺得事情很有點可疑之處。

疑點之一，是雖然營長和馬佚之間，地位懸殊，但是馬佚既然負責照料營長心愛的大青馬，必然有一定程度的接觸，祝志強文武全才，為人精細，一年半載都覺察不了有一個大仇人隱伏在身邊，這一點就說不過去。

疑點之二，我和師父相處，雖然除了傳授武功之外，再也沒有別的話可說，但是他那種愁苦，那種對香媽的思念，那種對姓祝的恨意，我還是可以體會得到的，那又豈是一個終於報了大仇的人的行為？

而且，他如果報了大仇，是可以回到「三姓桃源」去，不會一直流落在外，沒有面目見桃源父老。

疑點之三，是祝志強在臨死之前，並沒有說出暗算他的是什麼人，可以相信，他為人正直，縱使他心中認為那一定是陰魂不散所為，但由於黑暗，沒有看清楚，他也就不亂說。

這些疑點，香媽一定考慮過不知多少次了，她所不知道的，是王天兵的生活情形。所以，我就我所知，說王天兵的生活，千言萬語，一句話就可以形容：「我師父根本不像是活着，他比死人更痛苦。任何人一見到他，都會被他那種深切的痛苦所影響，不想多看他一眼……」

我在這樣說的時候，望着祝香香，祝香香是曾一見了他就奔逃的，當然對我的說法，深有同感，所以她用力點着頭。

況英豪這小子，雖然魯莽一些，但有時候，說話依然一針見血，他道：「不必多猜，把他找出來，不就可以知道究竟了嗎？」

香媽抬頭望天，一言不發。祝香香輕輕叫道：「媽！」

祝香香的用意十分明白，不論是不是王天兵的事，她都要把王天兵找出來，是王天兵幹的，她就要報父仇。不是王天兵做的，雖然事隔多年，她仍然要去找當年的那個暗算者！

香媽閉上了眼睛，身子在微微發抖，過了一會，她才長嘆一聲：「我實說了吧，我沒有勇氣和他見面，也不知道見了面之後該怎麼樣，香香，你別逼我！」

香媽可能武功絕頂，但是這種感情糾纏的事，有時連神仙也難以處理得條理分明，何況是凡人。

祝香香又叫了一聲：「媽，我不是要你去見他，是我去見他，我再見到他，不會再逃！」

我忙道：「我也要找他，天兵天將委託我找他的！」

況英豪興致勃勃：「好，我們三個人一起去，闖蕩江湖，找這個王天兵，看看是他陰魂不散，還是我們陰魂不散，哼！」

況英豪在這樣說的時候，摩拳擦掌，意態甚豪。

可是，他卻未能實踐他的願望。香媽當時聽祝香香那麼說，靜靜地想了一想，就點了點頭，表示同意。而況英豪向他的父親況大將軍一說，況大將軍面色一沉：「胡說什麼，下個月你就要到德國去進少年軍校，你忘了嗎？闖蕩江湖，做什麼夢！」

況英豪吐了吐舌頭，沒敢反駁——事實上，入少年軍校才是他的真正願望。

我回家去一說，我那堂叔首先贊成：「好極，你也該去看看外面的世界了！」

一句話，把我引得心癢難熬，我早就嚮往外面多姿多采的世界，這下可以往外闖，每天都會有意想不到的新鮮事發生，這才叫生活！

香媽並不反對我們的決定，她的提議是：「先到『三姓桃源』去，他……這次，可能回老家去了！」

我不知道香媽何以有這樣的推測，想來必有道理，所以一口答應。她又給我們很詳細的地圖，和進入那山谷的暗號，以及要注意之處。

我會和祝香香一起闖蕩江湖，這對我來說，是喜上加喜的事。

自然，和我興高采烈相反的，是況英豪，他的視線一直留在祝香香的身上，用力拍着我的肩頭：「我們是好朋友，永遠的好朋友。」

他逼我同意他的話，我吸了好幾口氣，才點了點頭：「是，我們是好朋友。」

祝香香在一旁，垂頭不語。

少年人，想得單純，沒想到世事千變萬化，根本不能預料。千變萬化的，自然都是以後的事了。

（全文完）

衛斯理小說典藏版　53

少 年 衛 斯 理

作　　者：　衛斯理（倪匡）
責任編輯：　蔡敦祺　　蔡藹華
封面設計：　李錦興
出　　版：　明窗出版社
發　　行：　明報出版社有限公司
　　　　　　香港柴灣嘉業街18號
　　　　　　明報工業中心A座15樓
電　　話：　2595 3215
傳　　真：　2898 2646
網　　址：　https://books.mingpao.com/
電子郵箱：　mpp@mingpao.com
版　　次：　二〇二二年七月初版
I S B N：　978-988-8688-99-9
承　　印：　美雅印刷製本有限公司